LA COULEUR DU BONHEUR

Avis aux lecteurs

Vous êtes nombreux à nous écrire
et nous vous en remercions.
Pour être sûrs que votre courrier arrive,
adressez votre correspondance à :

Bayard Éditions Jeunesse
Collection Cœur Grenadine
3 / 5, rue Bayard
75008 Paris.

Cœur Grenadine

LA COULEUR DU BONHEUR

NIKKI DANNER

TRADUIT DE L'AMÉRICAIN
PAR GIGI BAY

BAYARD JEUNESSE

Titre original
SWEET DREAMS®
Face up to love

Loi n° 49-956 du 16 juillet 1949
sur les publications destinées à la jeunesse
Dépôt légal octobre 2002

ISBN : 2 747 005 71 2

Chapitre 1

Ce jour-là, je m'étais réfugiée dans ma chambre. Maman avait la migraine, à cause du coup de fil de papa. Chaque fois qu'ils se téléphonent, maman raccroche avec la migraine. Elle n'avait pas plus voulu le divorce que mon frère et moi. Mais papa était parti quand même, et il s'était remarié avec une collègue de travail. Il m'avait dit que je comprendrais plus tard, mais, à quinze ans, je n'y voyais toujours pas plus clair, et maman non plus.

Donc je restais dans ma chambre, le plus silencieusement du monde. Rêvasser ne me dérangeait absolument pas et permettait à maman de se reposer tranquillement. Le moindre bruit la rend folle quand elle a la migraine. C'est dans ce calme qu'est née l'idée d'un changement radical de mon apparence. Comment n'y avais-je pas songé plus tôt ? Depuis toujours, pour mon entourage, j'étais l'artiste, l'originale, la créative, et cela parce que j'aimais peindre et ramasser de vieux objets pour en faire des sculptures. Je commençais à en avoir assez qu'on me voie uniquement comme ça. Depuis deux semaines, depuis mon entrée au lycée en fait, j'étais très angoissée. Au collège, je me fichais de mon look et de ce que les autres pouvaient penser de moi. J'avais mes copines et mes activités, et cela me suffisait. Mais au lycée, tout tourne autour de ça. Je m'étais vite rendu compte que c'était même la chose la plus importante. Oui, un nouveau look, c'était exactement ce qu'il me fallait pour être considérée pour autre chose que pour mes talents artistiques.

Tout d'un coup, je me suis sentie en pleine forme. J'imaginais la tête des gens au lycée. Ma transformation leur clouerait le bec. Les filles les plus jolies et les plus populaires, comme

Tiffany et Tina, en seraient baba et me regarderaient avec envie prendre place à côté du beau Jordan Michaels en cours d'italien.

– Mandy, ma chérie, tu es là ?

Maman m'a interrompue en plein rêve. Le visage de Jordan avec ses cheveux noirs bouclés et ses yeux bleus s'est évanoui. J'ai saisi un livre de grammaire et feint de m'y plonger. Maman serait peut-être réconfortée de me voir étudier.

– Amanda, a-t-elle dit en entrant dans ma chambre, tu y arriveras mieux si tu lis ce livre à l'endroit.

– Oups ! Pardon…

J'ai tourné mon livre dans le bon sens. Tous ces efforts inutiles pour lui faire plaisir ! Elle s'est assise sur mon lit.

– Je suis désolée, a-t-elle commencé. Ce n'est pas très drôle pour toi de m'entendre me disputer avec ton père.

Effectivement, ce n'était pas drôle. J'enviais mon petit frère, Brian, qui était en train de faire du skate quand papa avait appelé. Mais, bien sûr, je ne pouvais pas le dire. J'ai haussé les épaules et posé ma tête sur ses genoux. Elle m'a caressé doucement les cheveux. Ses caresses m'ont apaisée.

– Maman, tu crois que je pourrais changer de look ? ai-je demandé.

Elle a souri :

– Tu n'en as pas besoin, ma chérie. Tu es très bien comme ça.

– J'ai envie de vêtements un peu moins passe-partout, d'une coiffure moins classique, un peu comme Tina ou Tiffany…

Je me suis mordu la langue. Ce n'était surtout pas la chose à dire. Le sourire de maman a disparu et elle m'a jeté un regard noir.

– Tina et Tiffany grandissent un peu trop vite, d'après ce que j'ai vu ces derniers temps, a-t-elle dit sévèrement. Elles me font plus l'effet d'étudiantes que de lycéennes, et elles sont trop sophistiquées, à mon goût.

– Maman, ai-je supplié. Toi aussi, tu as changé de style, il n'y a pas si longtemps.

Quelques mois auparavant, elle s'était retrouvée au chômage ; pour mettre toutes les chances de son côté lors de ses entretiens professionnels, elle avait changé de coupe de cheveux et renouvelé sa garde-robe.

Elle a soupiré :

– Tu sais très bien pourquoi j'ai fait cela !

Elle m'a dévisagée un moment, comme pour lire mes pensées, puis a ajouté :

– Tu ne vas pas te teindre les cheveux, au moins ? Si tu…
– Mais non ! l'ai-je coupée avant qu'elle ne se lance dans une grande tirade. C'est que j'aimerais être mieux que maintenant.
– Mieux comment ?
J'ai sauté sur l'occasion pour sortir un magazine de sous mon oreiller et lui montrer les pages mode et beauté.
– Pas mal, a-t-elle dit en tournant les pages.
– Je me débrouillerai seule. Tu n'auras même pas à sortir un sou. J'utiliserai l'argent du baby-sitting.
– Je croyais que tu voulais t'acheter des toiles et de la peinture ? Et l'expo, tu as pensé à l'expo ? a-t-elle demandé en fronçant les sourcils.
– Oui, maman, mais je préfère investir cet argent dans un changement de look. S'il te plaît !
– Tu devrais encore y réfléchir, Mandy. Cet été, tu voulais tellement participer à cette exposition ! Je croyais que c'était très important pour toi.
– À l'époque, oui. Mais plus maintenant.
– Tu en es sûre ?
– Certaine.

Pour achever de la convaincre, j'ai ajouté :
– Tu comprends, je suis comme une toile qui a besoin d'un nouveau cadre.
– C'est une jolie image… Eh bien… c'est ton argent, tu l'as gagné ! a-t-elle cédé. Mais attends un petit peu avant de te lancer, Mandy, tu veux bien ?
– Combien de temps ?
– Disons, un mois ?
Autant dire une éternité !
– Deux semaines ? ai-je marchandé. C'est mon argent, tu l'as dit.
– Très bien, deux semaines. Mais je ne veux rien de trop voyant ! Pas de décoloration ni de teinture, et pas deux tonnes de maquillage, compris ?
– Bien sûr que non, maman. J'ai très bon goût, tu sais !
Maman a pouffé. Elle se montrait bonne joueuse, étant donné sa migraine. Elle s'est levée et, une fois à la porte, a demandé :
– Ça te dirait, une pizza ? Je ne me sens pas de faire la cuisine ce soir. On pourrait aller dîner chez Angelo.
Elle est sortie pour rejoindre Brian, qui venait de rentrer, et je me suis précipitée vers mon armoire pour m'habiller. J'allais changer de

look, nous devions dîner chez Angelo, ma pizzeria préférée, où Jordan Michaels venait juste de commencer à travailler ! La vie était belle.

Je me suis regardée dans le miroir. Cheveux longs châtains, yeux marron, visage rond ; pas vraiment de quoi faire bondir Jordan derrière son comptoir.

– Patience, dans quinze jours, tu seras quelqu'un d'autre, ai-je promis à mon reflet.

Ce serait le plus difficile : deux longues semaines à attendre. Lottie m'aurait dit : « La vie est trop courte pour en perdre une miette. » Lottie est ma meilleure amie depuis la maternelle, et la seule fille que je connaisse qui veut être cascadeuse au cinéma.

Le téléphone a sonné à ce moment-là, et Brian m'a appelée :

– Amanda ! C'est pour toi, un garçon, tu sais, ce type de ton école, celui dont tu parles tout le temps.

Ce gamin était insupportable, et ses blagues ne faisaient rire que lui. J'ai pris le combiné en lui jetant un regard assassin. Il s'éloigna dans le couloir en chantonnant : « Elle est amoureuse, elle est amoureuse ! »

– Allô ?

– Amanda, c'est Lottie. Tu ne devineras jamais !
– Quoi ?
– Il m'a appelée et m'a proposé de sortir avec lui !
– Mais qui ?
Je ne voyais pas de qui il pouvait s'agir : Lottie et moi n'avions pas la moindre vie amoureuse. Nous nous contentions d'admirer les garçons de loin. Quelle misère !
– À ton avis ?
– C'est pas Jeff Rice quand même ? ai-je fait, incrédule.
Jeff était le capitaine de l'équipe de catch du lycée, et Lottie avait le béguin pour lui depuis toute petite.
– Siii ! Fabuleux, non ? On va au ciné demain.
Ça alors !
– C'est incroyable, Lottie ! Hier encore, il ignorait ton existence ! Que s'est-il passé ?
– Je ne peux pas te raconter maintenant, mon père a besoin du téléphone. On se rappelle ?
Sur ce, elle a raccroché. Dire que je n'allais pas connaître la suite avant le retour de chez Angelo ; pire, pas avant le lendemain !
Je n'en revenais pas : Lottie allait sortir avec Jeff Rice ! Je suis retournée dans ma chambre et me

suis contemplée de nouveau dans le miroir. Comment Lottie avait-elle fait ? Elle était mignonne, avec ses cheveux roux coupés court et ses taches de rousseur, mais j'avais du mal à imaginer Jeff raide dingue de ma copine.

– Mandy ! a appelé maman. Dépêche-toi ! On a faim !

– J'arrive ! ai-je lancé, découragée par mon apparence.

Que pouvais-je bien mettre ? La plupart de mes vêtements jonchaient le sol en attendant de passer à la machine. Mon pull rose, ou le rouge ? C'étaient les seuls à ne pas être troués. Le rouge était tout fripé ; je me suis donc rabattue sur le rose. Une de ses manches s'effilochait, mais tant pis ! J'entendais déjà maman dire : « Si tu ne prends pas soin de tes affaires, Amanda, personne ne le fera à ta place. »

Tout en me brossant les cheveux, je me suis surprise à penser à Jordan. Il ne devait même pas connaître mon prénom. Nous étions en cours d'italien ensemble, mais depuis le début de l'année, il ne m'avait pas adressé le moindre mot, et pas plus que moi, d'ailleurs. Comme il s'asseyait derrière moi, je ne le voyais jamais. Après le cours, je mettais un peu de temps à ranger mes affaires, rien que pour le plaisir de le regarder quitter la salle. Même de dos, il était tellement mignon…

Brian a cogné à la porte avec sa délicatesse habituelle :

– Grouille-toi, Amanda ! Tu veux ma mort ou quoi ? J'ai faim ! T'as pas besoin de t'habiller comme un mannequin pour aller chez Angelo. Ah, les filles !

Mieux valait ne pas montrer à quel point Jordan me plaisait. Brian pourrait faire une gaffe chez Angelo, et j'en mourrais de honte. Il fallait que j'aie l'air complètement détachée, pour endormir sa méfiance. Je me suis promis d'être hyper prudente, ce soir-là.

Chapitre 2

En arrivant chez Angelo, j'ai été déçue de ne pas voir Jordan. Seul Angelo se trouvait derrière le comptoir. Comme toujours, il portait une chemise rouge et blanc et une toque. Angelo Georgetti était un personnage !

Une fois attablés, nous avons commandé notre pizza favorite, au poivron.

– Regarde, Mandy ! s'est exclamé Brian en désignant au mur une affiche que je n'avais pas remarquée :

« Une fresque pour Angelo :
concours ouvert à tous les élèves
du lycée d'Irwin.
Règlement et bulletin de participation
à retirer à la caisse. »

– Quelle merveilleuse occasion pour toi, ma chérie ! a dit maman.

J'ai examiné la salle. Trois murs étaient en brique, mais le quatrième constituait une surface plane, idéale pour une fresque.

– Tu vas participer, Amanda ? demanda Brian.

– Bien sûr. Après tout, je suis une artiste.

Je venais de me lever pour aller chercher un formulaire lorsque Jordan est sorti de la cuisine. Je me suis aussitôt rassise.

Brian m'a regardée, surpris :

– Qu'est-ce qui t'arrive ?

– Rien, ai-je marmonné.

Je me suis mise à siroter mon soda en essayant d'avoir l'air naturel. Brian scrutait la salle, intrigué. Ayant aperçu Jordan, il s'est tourné vers moi, les yeux brillants :

– Regarde ! C'est Jordan Michaels ! a-t-il murmuré avec admiration. Il jouait au base-ball dans l'équipe d'Irwin, l'année dernière. Tu le connais, Mandy ?

– Je le vois au lycée de temps en temps, ai-je répondu d'un ton détaché.

– C'est de lui que tu es amoureuse ?

– Arrête, Brian ! ai-je soufflé, les joues brûlantes. Tu sais bien que je n'aime pas le base-ball. Pourquoi craquerais-je pour un joueur ?

– Alors, dans ce cas, tu peux me dire pourquoi t'es toute rouge ? insistait mon petit frère.

– Oh, zut ! s'exclama maman. J'ai renversé mon verre ! Brian, va me chercher une éponge, s'il te plaît !

Alors que Brian se dirigeait vers le bar, j'ai regardé maman. Ce n'était pas son genre, de faire des bêtises à table !

Elle m'a souri d'un air complice, ce qui m'a fait rougir encore plus. Maman savait ! Je n'avais rien laissé paraître, ou si peu, et pourtant elle avait deviné ce que je ressentais pour Jordan. « Pourvu qu'elle n'aborde pas le sujet ! » ai-je pensé. La seule avec qui je pouvais en parler, c'était Lottie.

J'ai jeté un regard vers Jordan, et mon cœur a fait un bond dans ma poitrine. Brian était au comptoir et lui parlait en pointant un doigt dans ma direction. J'ai cru que j'allais m'évanouir.

Jordan a tourné ses incroyables yeux bleus vers moi et m'a observée pendant un instant. Mon cœur battait à tout rompre. J'ai fixé la table d'en face. Bon sang, qu'est-ce que Brian pouvait bien lui raconter ?

L'instant d'après, mon frère était de retour avec une éponge et une feuille de papier.

– Voici ton formulaire d'inscription, a-t-il annoncé fièrement. C'est Jordan qui me l'a donné. Tu as un mois. Les clients voteront pour le meilleur dessin.

Ainsi, ils n'avaient parlé que du concours. Ouf ! Je venais juste de me remettre de mes émotions quand Tina et Tiffany ont fait leur entrée avec quelques-uns des camarades les plus en vue du lycée. D'habitude, ils allaient dans une autre pizzeria. À les voir discuter avec Jordan au comptoir, j'ai compris pourquoi ils étaient tous là : Jordan faisait partie de leur bande et, comme il travaillait chez Angelo, son restaurant devenait l'endroit à la mode.

J'ai grogné de désespoir et me suis enfoncée dans mon siège en espérant que Tiffany et Tina ne me verraient pas attablée avec ma mère et mon petit frère un samedi soir.

Par malchance, le groupe s'est dirigé vers une grande table derrière nous. Tiffany s'est arrêtée à notre hauteur.

– Bonjour, madame Lindsay, a-t-elle dit poli-

ment. Salut, Amanda.
Puis, désignant le formulaire, elle a demandé :
– Tu vas participer au concours ?
– J'y pense.
– Tu devrais ! Tu es une véritable artiste, a-t-elle déclaré en me toisant.
– Peut-être, ai-je dit entre mes dents.
J'aurais voulu être invisible à cet instant. J'avais l'air d'une vulgaire esquisse, tandis qu'elle était plutôt genre œuvre d'art.
Elle s'est lissé les cheveux et a regardé vers le comptoir :
– Quand Jordan m'a parlé du concours, je me suis dit que je pourrais essayer. Mais j'ai vu la taille du mur, et ça m'a découragée !
– C'est sûr ! est intervenue Tina. Elle s'est carrément effondrée dans les bras de Jordan.
Il y a eu un éclat de rire général. Tiffany a soupiré :
– Si seulement ça s'était passé comme ça ! Il est tellement mignon !
– Table dix, votre pizza est prête ! a crié Angelo, me sortant du pétrin.
– C'est la nôtre, j'y vais, ai-je dit avec empressement.
Jordan m'a souri lorsque je me suis présentée au comptoir.

– Salut ! Alors, ça marche, l'italien ?
– Euh… oui, oui, ai-je bredouillé. Et toi ?
– Pareil… J'apprends pas mal de mots avec Angelo.

Comme je ne savais plus quoi dire, je lui ai tendu notre ticket, en échange de quoi il m'a donné la pizza :

– *Buon appetito !*

La porte s'est ouverte, laissant entrer un flot de clients. Je m'éloignais du comptoir quand j'ai entendu Jordan lancer :

– Bonne chance pour le concours, Amanda !

Je me suis installée à table, laissant à maman le soin de découper la pizza. Tandis que Brian papotait avec elle, j'ai repensé à la conversation avec Jordan. Incroyable ! Il connaissait mon prénom. Il m'avait souhaité bonne chance. En même temps, je pensais à ce qu'avait dit Tiffany quelques minutes auparavant. Craquait-elle sérieusement pour lui ? Si oui, c'était la catastrophe ! Je n'aurais pas la moindre chance si elle décidait de se mettre sur les rangs.

Après avoir terminé ma pizza, je n'avais qu'une envie : rentrer au plus vite à la maison et me retrouver seule dans ma chambre. Heureusement, maman ne semblait pas vouloir s'éterniser non plus. Bientôt, nous étions prêts à partir. Je me suis dirigée vers la porte sans un regard pour la table de Tiffany. À mi-parcours, les rires ont fusé et j'ai entendu qu'on m'appelait :

– Arrête-toi, Amanda ! Stop !

Je me suis retournée : Tiffany riait à gorge déployée en désignant mon bras droit. Il ne me restait plus qu'à contempler le désastre : la moitié de la manche de mon pull s'était défaite ! La laine était restée accrochée à l'accoudoir de mon siège, et un long fil pendait derrière moi. Je me suis figée. Clint, un garçon de la bande, s'est penché pour détacher le fil de la chaise ; mais Jordan l'a devancé et a entrepris de faire une pelote. J'étais comme statufiée ; sauf que les statues, elles, ne virent pas au rouge pivoine... Le temps que Jordan arrive à ma hauteur m'a paru une éternité. Il m'a tendu la pelote.

– Peut-être que tu pourras le réparer, a-t-il dit, les yeux brillants.

Il avait un sourire en coin. N'était-il pas en train de réprimer un fou rire ?

Je lui ai arraché la laine des mains, trop furieuse pour le remercier. Je lui ai tourné le dos et me suis littéralement ruée vers la porte. La dernière chose que j'ai entendue était le rire de Tiffany.

J'ai passé un dimanche horrible ; et le lundi orageux qui a suivi reflétait bien mon humeur. Je suis allée au lycée à reculons en priant pour que la fin du monde arrive avant le cours d'italien. J'ai traîné longtemps devant mon casier. Jamais je ne pourrais affronter Tina, Tiffany et Jordan !

– Amanda !

C'était Lottie. Enfin un rayon de soleil dans ma journée ! Elle rangeait son imper trempé dans son casier.

Comme d'habitude, nous nous sommes mises à parler en même temps, ce qui nous a fait éclater de rire. Il nous a fallu un moment pour retrouver notre calme. Nous avions tellement de choses à nous dire !

– Toi d'abord ! a proposé Lottie. J'ai essayé de te rappeler samedi soir, mais il n'y avait personne. T'étais où ?

– Chez Angelo, je voulais te le dire, mais tu as raccroché trop vite.

– Tu sais comment est papa ! Ces temps-ci, il me houspille sans cesse à propos du téléphone. Il a même menacé de le supprimer.

– Du coup, je ne t'ai pas annoncé la grande nouvelle : maman est d'accord pour que je change de look.

– Mais c'est génial ! Je pourrai t'accompagner ?
– Évidemment ! Tu ne crois pas que j'aurais assez de cran pour y aller seule !
– Oh, j'ai hâte ! Et toi, tu ne veux pas savoir comment ça s'est passé avec Jeff ?
– Si ! Raconte !
– Oh, il est tellement génial ! Dire qu'il ne m'aurait jamais regardée si je ne lui avais pas sauvé la vie !
– Si tu ne lui avais pas quoi ?
– Sauvé la vie, a-t-elle répété, tout sourire. Samedi matin, je faisais du jogging sur la colline. J'ai aperçu Jeff, qui se relevait après une chute sur la piste de VTT. Je me suis rapprochée, et là, j'ai vu qu'un autre VTT franchissait l'obstacle et fonçait droit sur lui. Tu me connais ! Sans réfléchir une seconde, j'ai bondi, telle Wonderwoman, et je l'ai plaqué au sol. Le vélo nous a évités de justesse. Crois-moi, Amanda, il était moins une !
– Mais tu aurais pu être tuée ! me suis-je exclamée, horrifiée.
– Je ne me suis pas posé de question ! Je devais le faire. Je ne pouvais pas laisser mon amour secret se faire démolir !
– Et alors, il t'a proposé de sortir avec lui ? Il

devait être drôlement impressionné ! Comment s'est passé votre rendez-vous ?
– Super ! Nous sommes allés au cinéma. Et on se revoit jeudi soir, et aussi samedi soir si Jeff peut avoir la voiture. Et mercredi, on va à la bibliothèque ensemble.
Soudain, la situation m'a paru bien moins amusante : si Jeff et Lottie sortaient ensemble, je me retrouverais toute seule ! Elle n'aurait peut-être même pas le temps d'aller avec moi chez Danielle, coiffeuse et esthéticienne qui devait s'occuper de mon cas...
– Tu n'es plus un cœur à prendre, donc, ai-je remarqué d'un ton neutre.
– Eh bien, non ! a-t-elle répondu, tout excitée. Et ce midi, on déjeune tous les deux, ça ne t'ennuie pas ?
J'ai été sauvée par la sonnerie, qui a retenti à cet instant-là. J'ai pris mes affaires dans le casier en me forçant à sourire, mais j'étais terriblement secouée. Lottie et moi déjeunions toujours ensemble à la cantine, et nous avions l'habitude d'en profiter pour parler de Jeff et de Jordan. Comment allais-je faire pendant l'heure du déjeuner ? Et comment survivre à l'épreuve du cours d'italien ?
L'idée du relookage m'a un peu remonté le

moral, et je me suis sentie prête à affronter Jordan.

Il n'était pas à sa place. J'espérais bien qu'il était malade, et qu'il ne viendrait pas de la journée. Après l'incident du pull, il devait me prendre pour une idiote, et il ne m'adresserait sûrement plus jamais la parole ! « Comment ça va se passer quand on va se revoir ? » me demandais-je. Que lirais-je dans ses yeux bleus ? Réprimerait-il un fou rire, comme samedi soir ?

Tiffany et Tina étaient là, elles, à chuchoter entre elles. Elles se sont tues à mon entrée, et j'aurais juré avoir entendu Tina rire en douce.

Pour me changer les idées, j'ai ouvert mon carnet et me suis mise à dessiner. Bientôt, j'étais complètement absorbée par mes croquis pour la fresque d'Angelo.

Chapitre 3

Les jours suivants, je redoutais les cours d'italien, mais la chaise de Jordan restait vide. Mercredi, j'ai entendu Tiffany dire à Tina :

– Pauvre Jordan !

J'ai tendu discrètement l'oreille. Savait-elle quelque chose sur la raison de l'absence de Jordan ?

– Pauvre chou, a-t-elle repris en poussant un soupir à fendre l'âme. Il est cloué au lit par la grippe. J'ai appelé hier chez lui ; sa mère m'a dit

qu'il ne viendrait probablement pas de la semaine.
Donc, Jordan était malade. J'ai senti le nœud que j'avais à l'estomac se desserrer légèrement. C'était déjà ça : je n'aurais pas à le voir avant lundi ! Avec un peu de chance, il serait peut-être malade plus longtemps, jusqu'à ce que j'aie changé de look ! Ensuite, je pourrais l'affronter, ainsi que Tina et Tiffany, et n'importe qui. Après ma métamorphose, tout le monde oublierait cette ridicule histoire de pull.
Soudain, j'ai eu honte de mes pensées. Qu'est-ce qui m'arrivait ? Jordan était malade, et moi, au lieu de compatir, j'espérais qu'il ne guérirait pas ! Pauvre Jordan ! Je l'imaginais souffrant dans son lit, ses yeux bleus brillant de fièvre, son visage pâle…

J'ai passé la semaine à me consacrer à ma passion, sans me douter que maman faisait de même jusqu'à ce qu'elle annonce, l'air de rien, le vendredi soir :
– Demain, je sors avec quelqu'un. Il s'appelle Art.
Brian et moi en sommes restés comme deux ronds de flan. Maman, sortir avec quelqu'un ? Nous la fixions, stupéfaits. Brian a été le pre-

mier à recouvrir ses esprits :
– Art comment ?
– Arthur Maxwell. Il travaille pour un de mes clients.
J'ai cherché désespérément quelque chose à dire. Brian, lui, s'est tassé sur sa chaise. Voilà pourquoi maman nous avait préparé du poulet-frites, notre plat favori, au lieu du traditionnel steak haché-haricots verts du vendredi. C'était pour faire passer la pilule !
– C'est un homme très sympathique. Et puis, lui aussi est fan des Mariners de Seattle, a-t-elle ajouté en regardant Brian.
À ces mots, le visage de cet idiot s'est illuminé. Je me suis renfrognée : le coup du fan de base-ball, avec moi, ça ne prenait pas.
– Amanda, si tu gardes ton frère demain soir, je te paierai au tarif syndical, a annoncé maman.
– C'est vrai ?
Cette proposition m'a remonté le moral. Maman était maligne, elle savait que le relookage engloutirait toutes mes économies !
– Je ne suis pas un bébé ! a protesté Brian en me fusillant du regard. Je n'ai pas besoin de baby-sitter.
– Maman, je pourrai inviter Lottie ?
Maman a été d'accord et, pour amadouer Brian,

elle lui a donné la permission de commander une pizza chez Angelo pour le lendemain soir.

Le samedi soir, Art est venu chercher maman au volant d'une voiture de sport. Maman nous a présentés, et nous nous sommes montrés polis, comme on nous l'avait appris. Art aussi était bien élevé et charmant. Je l'ai dévisagé, à l'affût du moindre défaut. Il en avait sûrement !

– Nous dînons au restaurant, et ensuite, nous irons au théâtre. S'il y a un problème, tu peux me laisser un message sur le portable, a répété maman pour la centième fois. Brian, tu as bien l'argent pour la pizza ?

Brian a fait signe que oui. Maman s'est tournée vers Art et, avec son plus beau sourire :

– Bon, on y va ?

Ça m'a fait tout drôle de voir maman sourire à un autre homme que papa. Art lui a rendu son sourire. Manifestement, il était sous le charme. Après leur départ, nous nous sommes installés sur le canapé, j'ai allumé la télévision. Nous faisions semblant de regarder un truc complètement nul.

– Amanda ? a lâché Brian au bout d'un moment. Tu crois qu'Art aime les enfants ?

– Qu'est-ce que j'en sais ?

– Moi, je parie que non.
– Et pourquoi ?
– À cause de sa voiture.
– Mais qu'est-ce que ça a à voir ? ai-je demandé, perplexe.
– Eh ben, il n'y a que deux sièges ! m'a fait remarquer Brian.
J'ai sauté sur mes pieds. Voilà le défaut que je cherchais ! Mon frère venait de me le mettre sous les yeux. Pourvu que maman s'en aperçoive aussi ! Elle ne sortirait certainement pas avec un type qui n'aime pas les enfants.
– Tu veux quoi comme pizza ? a lancé Brian, m'arrachant à mes pensées.
– Ça m'est égal. Je te laisse choisir.
Il s'est rué vers le téléphone :
– Je vais passer la commande !
– Surtout pas d'anchois ! ai-je crié en me rasseyant devant la télé.
Tout me paraissait sans intérêt ; alors, j'ai appelé Lottie. Elle a décroché dès la première sonnerie :
– Allô ? a-t-elle fait, tout essoufflée.
– Salut, Lottie, c'est moi.
– Oh ! Salut, Amanda.
À son ton, j'ai deviné qu'elle était déçue.
– Je pensais que c'était Jeff, il doit m'appeler.

– Ah. Alors, tu sors ce soir ?
– Non. Papa ne veut pas, il trouve que je passe trop de temps avec Jeff. Il m'énerve !
J'avais un peu honte, mais, pour une fois, j'étais de l'avis du père de Lottie.
– Demande si tu peux venir chez moi. Je garde Brian, on va manger une…
– Désolée, me coupa Lottie, j'attends un appel de Jeff. Et puis, je vais à la bibliothèque avec lui demain. Il faut que je me prépare. Je dois me faire un brushing, choisir mes vêtements… Tu sais ce que c'est !
Non, je ne savais pas ! Ce que je savais, par contre, c'est que Lottie avait beaucoup changé. Jusqu'ici, elle n'avait jamais fait attention à ce genre de choses.
– Bon, je dois te laisser ! On ne sait jamais, peut-être que Jeff cherche à me joindre…
– Bien sûr, je comprends.
J'ai raccroché, la gorge nouée. Quelle sale semaine ! D'abord Lottie, puis maman… Elles me laissaient tomber toutes les deux !
Je n'ai pas eu le temps de m'apitoyer : le téléphone a sonné, me faisant sursauter.
– Je suis bien chez les Lindsay ? a demandé une voix de velours.
– Oui…

– Amanda ? C'est Jordan Michaels, j'appelle de chez Angelo.
Il m'a fallu un bon moment pour reprendre mes esprits.
– Jordan ? Je… je croyais que tu étais malade.
– Ça va mieux. Euh… la pizza que vous avez commandée, c'est avec ou sans anchois ? Brian a oublié de préciser.
Je me suis éclairci la voix.
– Sans, ai-je réussi à articuler.
J'ai entendu Jordan crier vers les cuisines :
– Pas d'anchois, chef !
Puis, s'adressant à moi, il a ajouté :
– La pizza sera prête dans quelques minutes, je vous la livre tout de suite.
– Toi ?
– Oui, je fais les livraisons ce soir. À tout à l'heure.
Après avoir raccroché, j'ai regardé, affolée, ma chemise constellée de taches de peinture et mon pantalon poché aux genoux. J'ai foncé dans ma chambre pour me changer. Il m'a fallu une éternité pour trouver un jean à peu près propre et un pull dans mon bazar. Je finissais de me brosser les cheveux quand on a sonné à la porte. Brian et moi nous sommes rués dans l'entrée en même temps.

– Ben, pourquoi tu t'es changée ? a demandé mon frère
– Parce que.
– Parce que quoi ?
– Brian ! Pas un mot là-dessus, compris ?
Soudain, j'ai paniqué : que penserait Jordan en me voyant à la maison un samedi soir, en train de garder mon petit frère ? Il me prendrait pour une cruche, c'était sûr ! Il fallait que je me cache, et vite !
Trop tard. Brian avait déjà ouvert. Jordan se tenait sur le seuil, un carton à pizza à la main. Il portait un jean noir et un coupe-vent gris. Mon cœur a fait un bond dans ma poitrine. Brian a écarquillé les yeux de surprise à la vue de son héros.
– Salut, Brian, ça roule ? a demandé Jordan en lui tendant le carton.
Puis il s'est tourné vers moi, tandis que mon frère s'éloignait vers la cuisine. Il avait l'air content de me voir et, finalement, je ne regrettais pas d'être restée. Il avait peut-être oublié l'épisode du pull, après tout.
– Salut, Jordan. Tu… tu veux entrer un moment ? ai-je bafouillé.
Avant qu'il ait eu le temps de répondre, Brian est revenu en courant de la cuisine :

– Alors, combien je te dois, Jordan ?
Jordan lui a remis la note, et Brian s'est mis à fouiller ses poches.
– Oh-oh, a-t-il marmonné, embarrassé.
– Arrête, Brian, c'est pas drôle ! Jordan attend, ai-je fait, terriblement gênée.
Brian continuait à chercher désespérément dans ses poches. Ce n'était pas une blague : il avait perdu le billet de dix dollars confié par maman ! On avait l'air malin ! Je n'avais pas assez de liquide pour payer notre pizza.
– Quand l'as-tu eu en main la dernière fois ? a doucement demandé Jordan.
– Quand maman... Ah, je sais ! Je l'ai laissé sur mon bureau ! a crié mon frère en s'élançant vers sa chambre.
J'ai poussé un soupir de soulagement.
Soulagement qui a été de courte durée, puisque j'ai surpris le regard de Jordan rivé à la peinture au-dessus de la cheminée, un paysage d'automne.
– C'est très beau, a-t-il dit, et il s'est approché pour l'examiner. L'automne est ma saison préférée.
– Moi aussi, je l'aime beaucoup, ai-je dit, ravie.
– C'est tellement ressemblant ! Qui est M.A.L. ? a-t-il demandé en étudiant la signature

au bas de la toile.
– C'est moi. Ça correspond à Mary Amanda Lindsay.
Il m'a dévisagée avant de se tourner de nouveau vers ma meilleure toile :
– C'est magnifique ! Tu es très douée, Amanda.
J'ai haussé les épaules avec modestie. Puis mes yeux ont rencontré les siens, et il y a eu un flottement. J'aurais pu rester ainsi des heures ; mais Brian a fait irruption dans la pièce. Il a tendu l'argent à Jordan tandis que j'essayais de trouver quelque chose à dire.
– Bon, on se voit en cours d'italien, M.A.L.
Je l'ai raccompagné à la porte. Une fois sur le seuil, j'ai lancé :
– Au revoir, J.M.
– Ciao, ma petite artiste.
J'ai refermé la porte comme dans un rêve.
Brian a froncé les sourcils, soupçonneux :
– Qu'est-ce que ça veut dire, « ciao » ?
– Rien.
– Même pas vrai ! Je vais demander à Jordan.
– T'as pas intérêt ! Ça veut dire « au revoir », t'es content ?
– Hum, m'étonnerait.
– Bon, on la mange, cette pizza ? ai-je fait pour changer de sujet.

Brian s'est précipité vers la cuisine. Moi, j'étais sur un nuage. Tout cela semblait complètement irréel. Jordan avait-il vraiment aimé ma peinture ? M'avait-il bien regardée ? N'allais-je pas me réveiller ? « Ciao, ma petite artiste », avait-il dit.
Quelle merveilleuse soirée !

Chapitre 4

Après le départ de Jordan, j'étais tellement heureuse que j'en aurais dansé. Oui, tourner, tourner jusqu'à m'étourdir en murmurant son prénom ! Je crevais aussi d'envie de téléphoner à Lottie pour tout lui raconter.

Brian a hurlé depuis la cuisine :

– Amanda, grouille, ou je vais tout manger !

– Tais-toi un peu, il faut que je passe un coup de fil important.

Je me suis ruée sur le téléphone et j'ai composé

le numéro de mon amie. C'est sa mère qui a décroché. Elle m'a appris que Lottie était sortie. Où était ma meilleure amie quand j'avais besoin de lui parler? Avec Jeff Rice! En plus, elle ne m'avait même pas prévenue qu'elle avait changé de plan. Quelle déception de ne pouvoir partager mon bonheur avec quelqu'un! Même ma mère était sortie. Cela dit, si elle n'avait pas eu ce rendez-vous, rien de tout cela ne serait arrivé.

J'ai rejoint Brian à la cuisine. Tout en mangeant, je songeais à Jordan. Je n'avais personne avec qui en discuter. Maman ne reviendrait pas avant des heures. Tant pis, j'en parlerais à Lottie le lendemain. Même si maman se doutait de mes sentiments pour Jordan depuis l'épisode de la pizzeria, elle me dirait sûrement que l'amour est réservé aux adultes. Ou alors elle me tapoterait la tête en affirmant que ce n'était qu'un amour de jeunesse. De toute façon, maman s'en fichait maintenant! Elle avait Art.

– J'aimerais bien que maman soit là, a dit Brian en mordant dans sa part de pizza, comme s'il avait deviné mes pensées.

– On peut jouer aux cartes, après le dîner, si tu veux.

Il fallait faire diversion, sinon il allait passer la

soirée à réclamer maman. Comme j'étais de bonne humeur, j'ai décidé de me comporter en grande sœur. Il était ravi, car je l'ai laissé gagner toutes les parties. Après, je lui ai lu une histoire dans son lit jusqu'à ce qu'il s'endorme.

Seule dans ma chambre, j'ai passé une heure à rêvasser. Quand la voiture d'Art a remonté l'allée, j'ai couru ouvrir à maman. Mais, au lieu de descendre, elle a baissé la vitre :

– J'arrive dans cinq minutes, Amanda. Tout va bien ?

J'ai refermé la porte, furieuse. Manifestement, maman n'était pas pressée de rentrer ! Elle préférait rester dans la voiture de ce type, dans laquelle il n'y avait même pas de place pour Brian et moi ! J'aurais bien aimé être une petite souris pour voir ce qui s'y passait. J'espérais que maman n'allait pas l'embrasser au premier rendez-vous ! Je me suis assise dans le canapé pour l'attendre, le moral dans les chaussettes. C'était le monde à l'envers ! C'était maman qui aurait dû être à ma place tandis que moi, je serais sortie avec un garçon. Je me tournais les pouces, alors qu'elle, elle s'amusait.

Maman est rentrée après une éternité, et en plus accompagnée d'Art, à qui elle avait proposé une tasse de chocolat chaud.

– Alors, en quelle classe es-tu, Amanda ? a-t-il demandé avant que j'aie pu trouver un prétexte pour m'éclipser.

J'ai retenu un soupir d'exaspération : les adultes qui ne vous connaissent pas posent toujours les mêmes questions ! « Quel âge as-tu ? Ça marche, les études ? » Ils le font exprès, ou quoi ?

– En seconde.

– Donc, tu es lycéenne ?

Décidément, cet Art était une lumière ! Bizarrement, maman paraissait impressionnée par sa brillante déduction. Ses joues rosissaient, et ses yeux étaient pleins d'étoiles quand elle le regardait. On aurait dit moi-même, lorsque Jordan m'avait murmuré : « C'est magnifique, tu es très douée, Amanda. »

Je me suis levée un peu brusquement :

– Bon, il est tard, et je suis crevée. Ravie de vous avoir rencontré, monsieur Maxwell. Bonne nuit, maman.

– Bonne nuit, ma chérie.

Alors que je montais dans ma chambre, j'ai entendu Art demander :

– Que fais-tu samedi prochain, Diana ?

Je me suis bouché les oreilles, je ne voulais pas entendre la réponse. Une fois dans mon lit, j'ai eu du mal à trouver le sommeil. Maman allait-elle accepter un autre rendez-vous avec Art, avant de s'apercevoir qu'il n'y avait que deux sièges dans sa voiture ? Et Jordan ? Comment se comporterait-il le lundi au lycée ? Est-ce qu'il me sourirait et m'appellerait « sa petite artiste » ?

Le lendemain matin, j'ai téléphoné à Lottie. Elle a démarré au quart de tour avant que j'aie eu le temps de dire un mot au sujet de Jordan.

– Oh, Amanda, si tu savais... Hier soir, c'était génial ! On est allés au cinéma, on s'est tenu par la main, et Jeff m'a embrassée ! Je ne me souviens même pas du titre du film.

Moi, je n'avais jamais tenu un garçon par la main, et personne ne m'avait embrassée ! Lottie, ma meilleure amie, m'avait bien distancée ! Est-ce que je la rattraperais jamais ? Elle a continué à raconter qu'ils avaient parlé de plein de choses, que la voiture de ses parents était super, et qu'elle irait avec lui à la bibliothèque dans l'après-midi. Et que, pour couronner le tout, elle le reverrait le vendredi suivant.

Mes nouvelles à moi n'avaient rien d'extraordinaire, comparées à celles de Lottie. J'avais décidé de ne rien lui dire.

Elle s'est arrêtée de monologuer et m'a demandé :
– Maman m'a dit que tu avais téléphoné hier soir. Alors, pas trop barbant, la soirée baby-sitting ?
– Non, pas trop. En fait, on avait commandé une pizza chez Angelo, et c'est Jordan qui l'a livrée. Il a adoré mon paysage d'automne.
Du coup, je lui ai raconté tout le reste, y compris « ma petite artiste ».
– C'est chouette. Moi aussi, j'ai vu Jordan hier soir. Après le ciné, on est allés à la pizzeria avec Jeff. Il y était avec toute sa clique. Tiffany n'arrêtait pas de le coller.
Mon cœur a fait un bond. Je devais connaître tous les détails !
– Lottie, est-ce qu'ils étaient…
– Excuse-moi, il faut que j'y aille.
– Bon, on en parle plus tard.
– C'est ça, a-t-elle dit avec désinvolture. Salut !
Et elle a raccroché.
Notre amitié battait de l'aile. Lottie était sur une autre longueur d'ondes, qui n'avait plus rien à voir avec moi. Et, comme un malheur n'arrive jamais seul, maman m'a annoncé au petit déjeuner qu'elle sortirait avec Art le samedi suivant. J'en aurais pleuré si Brian n'avait pas

commencé à m'asticoter, comme seuls les petits frères savent le faire. Pour me calmer, j'ai pris une feuille de papier et je l'ai caricaturé en diablotin. Je me suis sentie mieux. Au pire, il me restait toujours ma passion pour le dessin.

Chapitre 5

Le lundi est arrivé bien trop vite. J'allais en cours en sachant pertinemment que je verrais à peine Lottie. J'avais du mal à m'habituer à être privée de ma meilleure amie. En chemin pour le cours d'italien, j'ai croisé Tiffany et Tina, qui discutaient et riaient devant leurs casiers comme Lottie et moi avions fait jusque-là. Clint a ébouriffé au passage les cheveux de Tiffany, qui a gloussé en minaudant. Tina m'a aperçue et elle m'a fait signe de les rejoindre. Je n'en croyais pas mes yeux : l'italien était le seul cours que nous avions en commun, et Tina ne m'avait jamais adressé la parole.

– La prof va nous faire une interro surprise ce matin, a-t-elle annoncé.

– Comment tu le sais ?

– Tiffany l'a entendue en parler dans les couloirs.

Cette dernière était trop occupée à flirter avec Clint pour se soucier de notre conversation.

– Je n'ai pas ouvert mon livre d'italien du week-end ! ai-je grogné. J'aurais mieux fait de travailler, au lieu de faire des caricatures de ce poison de Brian.

– Qui est Brian ? Ton petit frère ?

– Oui. Il n'arrête pas de m'embêter. Je l'ai dessiné avec des cornes de diable.

Tina a éclaté de rire, et j'ai commencé à me sentir à l'aise.

– C'est tout ce que tu as fait de tout le week-end ? s'est-elle étonnée.

– Ma mère est sortie samedi soir. Alors, j'ai fait du baby-sitting, et j'ai gagné plein d'argent.

– Wouah ! Tu en fais quoi, de ton argent de poche ?

– J'achète du matériel, des pinceaux, de la peinture…

Je me suis bien gardée de lui parler du relookage, c'était mon secret.
Tina n'a pas fait de commentaire, et nous nous sommes dirigées vers la salle de cours, laissant Tiffany et Clint à leurs gamineries.
– À propos de peinture, a repris Tina, Jordan a parlé de toi samedi soir. Il a dit que tu étais une artiste.
J'en suis restée sans voix.
– Jordan Michaels ? Vraiment ? ai-je enfin réussi à articuler
– Oui, oui. Il était admiratif. Il n'a pas arrêté de vanter ton talent.
Ça alors ! Je n'en revenais pas.
– Euh… Lottie m'a dit qu'elle vous avait vus chez Angelo, ai-je lâché.
– Oui, on traîne pas mal là-bas. Il fait les meilleures pizzas de la ville.
– Lottie y était avec Jeff Rice, ai-je ajouté au cas où Tina n'aurait pas remarqué ce grand changement dans la vie de mon amie.
– Jeff est mignon. Un peu trop pour Lottie, si tu veux mon avis.
Devais-je prendre la défense de ma meilleure amie ? Non, je n'en avais pas envie. D'ailleurs, Lottie était-elle toujours mon amie ? Elle m'avait clairement fait comprendre qu'elle

n'était disponible que pour Jeff… En plus, elle connaissait parfaitement mes sentiments pour Jordan, et avait manqué de tact en me racontant l'avoir vu avec Tiffany le samedi soir. Et puis, elle ne m'avait même pas appelée pour me raconter son dimanche après-midi. J'étais sur la touche, simple spectatrice de l'idylle de Lottie.

– C'est vrai qu'ils ne vont pas ensemble. Un peu comme Tiffany et Clint.

– Mais Tiffany fait marcher Clint ! J'en ai marre de tenir la chandelle, tu vois ?

J'ai été stupéfaite de constater combien nous avions de choses en commun, Tina et moi.

– Je te comprends ! ai-je dit. Qui aurait envie d'être la cinquième roue du carrosse ?

– Pas moi, en tout cas, a affirmé Tina. Merci de m'avoir débarrassée d'eux. Jordan a dit que tu étais très sympa, et il avait raison.

Une fois de plus, mon cœur a fait un bond. Ainsi, Jordan me trouvait sympa. Et Tina estimait que je lui avais sauvé la mise, alors que c'était tout le contraire. J'étais plus confiante, et je me suis surprise moi-même en lui proposant de déjeuner avec moi.

– Oui, et les autres jours aussi, d'ac ?

– Et Tiffany ? D'habitude, tu déjeunes avec elle.

– Ces derniers temps, elle m'a lâchée, alors maintenant c'est moi qui la laisse tomber. Elle s'en fiche pas mal, crois-moi. Elle trouve toujours un garçon pour l'accompagner.

Finalement, la journée commençait bien. J'étais heureuse de m'être fait une nouvelle amie. Je ne pensais même plus à l'interro surprise d'italien. Comme je m'asseyais à ma table, j'ai remarqué que la chaise de Jordan était vide. J'espérais qu'il n'avait pas fait une rechute. J'étais en train de réviser en catastrophe mes verbes quand la voix de Jordan m'a fait sursauter :

– Salut, M.A.L. ! Comment va ma petite artiste ?

– Très bien ! Et toi ? ai-je dit en me perdant dans ses yeux bleus.

– Ça va, surtout depuis que nous avons rompu la glace samedi. La pizza était bonne ?

– Délicieuse ! C'est toi qui l'as faite ?

Avant que Jordan ait pu répondre, Tiffany est entrée dans la salle et s'est assise derrière lui.

– Jordan, a-t-elle minaudé, je n'ai pas laissé mon bracelet dans ta voiture samedi soir, par hasard ? Impossible de mettre la main dessus !

Sans répondre, il a sorti un bracelet de sa poche. J'ai plongé le nez dans mon livre, avec la sensation, que je commençais à bien connaître, d'être de trop. Ils se sont mis à discuter; je la voyais battre des cils en lui tendant sa main manucurée pour qu'il lui passe le bracelet autour du poignet. J'ai regardé discrètement les miennes, avec mes ongles rongés et couverts de peinture…

La main de Jordan s'est posée sur mon épaule, mais je gardais obstinément la tête baissée. Il m'a murmuré à l'oreille:

– Tu sais qu'il y a une interro surprise!

– Je sais, bonne chance!

– À toi aussi, M.A.L., a-t-il dit en pressant mon épaule doucement. Au fait, t'as pu faire quelque chose pour ton pull?

Pourquoi me rappelait-il mon humiliation? Dans sa voix, j'ai décelé de l'amusement, ce qui n'a fait qu'augmenter ma honte et ma colère. J'ai senti le rouge me monter aux joues.

– Fiche-moi la paix, d'accord? ai-je craché par-dessus mon épaule.

– D'accord. Désolé.

J'ai fermé les yeux en serrant les dents. Comment avais-je pu l'envoyer balader ainsi? Que dire pour revenir en arrière?

– Silence! a lancé la prof. Sortez une feuille et rangez vos livres.

Il y a eu des protestations mais la prof n'a pas

cédé. Me concentrer m'a permis d'oublier un peu Jordan et Tiffany. Pendant le reste du cours, je me suis amusée à faire des croquis. L'heure m'a paru moins longue, et à la fin j'avais retrouvé mon calme. Quand la sonnerie a retenti, j'ai présenté mes excuses à Jordan.

J'ai passé un bon moment en déjeunant avec Tina. Elle m'a parlé de sa petite sœur, qui avait l'air encore plus pénible que Brian. Puis elle m'a dit à ma grande surprise qu'elle se souvenait du prix que j'avais reçu pour ma peinture l'an passé.

– Je parie que tu seras une artiste célèbre, plus tard ! a-t-elle déclaré.

– Et toi, un mannequin très connu !

– Tiffany, peut-être, mais pas moi.

– Mais tu es aussi jolie que Tiffany ! ai-je protesté.

– Ça ne semble pas être l'avis de Clint ! a-t-elle soupiré tristement. Mais merci pour le compliment.

Encore une surprise : je ne m'étais pas doutée de ce que Tina éprouvait pour Clint. Tiffany en était-elle consciente ?

– Tiffany se fiche de connaître les sentiments des autres quand elle flirte, a dit Tina comme si elle avait lu dans mes pensées. Mais ça, les gar-

çons ne le voient pas, ils sont béats d'admiration devant elle, quoi qu'elle fasse. À part Jordan, c'est vrai.
– Ah bon? ai-je fait, l'air aussi détaché que possible.
– C'est le seul qui lui résiste. Son cinéma ne marche pas avec lui.
Alors, je lui ai répété que Lottie avait vu Jordan collé à Tiffany le samedi soir. Elle a haussé les épaules:
– Et devine qui était scotché à elle de l'autre côté?
– Clint. Mais je suis sûre qu'il va ouvrir les yeux bientôt, ai-je affirmé pour la réconforter.
– Peut-être. L'espoir fait vivre. Tu me jures que tu ne le diras à personne, hein?
La main sur le cœur, je lui ai fait la promesse de garder le silence. Elle s'est penchée vers moi:
– Et toi, Amanda, il y a quelqu'un qui te plaît?
– Oh non! La seule chose qui m'intéresse, c'est l'art. Tiens, ça me fait penser que ma mère est sortie avec un certain Art samedi soir…
Même si Tina m'avait confié un secret, je ne me sentais pas prête à partager le mien avec elle. Pas encore. Rien ne pressait: j'avais le sentiment que Tina et moi allions devenir très amies. J'aurais donc tout mon temps pour me confier.

Cette semaine-là, Jordan a toujours eu un mot gentil pour moi en cours d'italien. C'est vrai que Tiffany accaparait pas mal son attention et que je n'avais que les miettes, mais c'était mieux que rien. Les choses auraient pu être pires.

Jeudi, tout s'est arrangé. À la sonnerie, la prof nous a rendu les interros. Jordan s'est penché vers moi :

– T'as eu combien, M.A.L. ?

J'ai pris une grande respiration pour calmer les battements de mon cœur :

– Quinze. Et toi ?

– Moi aussi ! On est jumeaux.

Nous avons comparé nos fautes ; puis nos regards se sont croisés. Ça a été un instant magique.

– Comment tu vas, M.A.L. ? chuchota Jordan.

– Couci-couça.

– Jordan, nous a interrompus Tiffany, au cas où tu n'aurais pas remarqué, le cours est fini. On y va !

– Ne m'attends pas, Tiffany, je te rejoins aux casiers, a-t-il fait sans me lâcher du regard. Je veux parler art avec Mary Amanda Lindsay.

Tiffany a levé les yeux au ciel :

– Encore cette lubie !

Je n'en croyais pas mes oreilles: plutôt que suivre Tiffany, Jordan préférait discuter avec moi. Et de ma passion, en plus!

– Tu voulais me dire quoi?

– Tu es bourrée de talent. Cette toile que j'ai vue chez toi, ces dessins... Depuis le premier jour, j'ai regardé tes croquis par-dessus ton épaule.

– C'est vrai?

J'étais ahurie.

– Oui, ça me fascine. Comment fais-tu?

– Je ne sais pas. Je n'ai jamais pris de cours. Dès que j'ai un crayon dans la main, c'est automatique, je dessine.

– J'aimerais avoir ton talent, M.A.L., a-t-il dit avec admiration.

– Tu en as d'autres! Tu n'as peut-être pas de don artistique, mais Brian dit que tu es le meilleur joueur de l'équipe de base-ball. Tu es son héros, tu sais!

– Brian est mon fan-club à lui tout seul.

– Tu as sûrement plus de fans que tu ne le crois, ai-je dit sans réfléchir.

Jordan a paru surpris, puis intrigué:

– Qui, par exemple? a-t-il demandé tout bas.

« Moi! » ai-je pensé très fort. Même si c'était la pure vérité, je n'aurais jamais osé le lui avouer.

Il se serait moqué de moi, et, ça, j'en serais morte. Ce n'était pas parce qu'il admirait mon talent qu'il m'admirait, moi.

– Tiffany, bien sûr !

C'était la seule chose que j'avais trouvée à répondre.

Son expression a changé ; l'espace d'un instant, j'aurais juré qu'il était déçu. Son regard est devenu indéchiffrable.

– Tiffany, a-t-il répété. Évidemment, qui d'autre ?

– Tu as dit que tu la rejoignais, lui ai-je rappelé bêtement.

Il s'est levé et a rassemblé ses affaires :

– C'est vrai, et un gentleman tient toujours ses promesses !

Il m'a regardé une dernière fois, l'air songeur, et il a quitté la salle. Je l'ai suivi des yeux en savourant chaque sourire, chacune des paroles que nous avions échangés avant que je ne parle de Tiffany.

C'était un jour à marquer d'une pierre blanche. Et c'était aussi la veille de ma visite chez l'esthéticienne !

Chapitre 6

La journée de samedi a commencé on ne peut mieux. D'abord, maman a préparé des gaufres, mon petit déjeuner préféré; ensuite, Brian a débarrassé le plancher pour aller à une sortie des scouts. De plus, maman ne m'a fait aucune remarque sur le désordre de ma chambre! Elle était trop occupée dans la sienne à choisir les vêtements qu'elle mettrait pour sa soirée avec Art...

Mon rendez-vous de relookage était à dix

heures et demie. De peur que maman ne l'oublie, je ne la lâchais pas d'une semelle.

– Ne t'inquiète pas, je ne risque pas d'oublier, n'arrêtait-elle pas de me dire.

Cela ne me rassurait qu'à moitié ; et si la voiture ne démarrait pas ? Si maman avait soudainement une affreuse migraine, ou que sais-je encore ?

– Que penses-tu de celle-ci ? a-t-elle demandé en tenant une robe bleue contre elle.

Ce qui voulait dire en fait : « Crois-tu que ça plaira à Art ? »

– Ça ira bien avec sa voiture bleue.

– Oui, c'est vrai !

J'ai sauté sur l'occasion pour creuser le sujet.

– Tu sais, maman, ce n'est pas une voiture très pratique.

Maman a souri :

– C'est une voiture de sport, Mandy.

– Je suis au courant ! Seulement, Brian a remarqué qu'il n'y avait que deux sièges.

– Et alors ?

– Et alors, nous sommes trois !

– Ah, je vois ! Brian et toi, vous vous sentez exclus, c'est ça ?

– Quoi que tu décides, ne t'engage pas trop vite avec lui, maman.

– Qu'est-ce qui te fait craindre une chose pareille ?
Elle s'est tue un instant avant de dire en me regardant droit dans les yeux :
– Mandy, ce n'est pas parce que ton père est parti du jour au lendemain que je vais faire comme lui !
J'ai haussé les épaules. Papa était la dernière personne dont j'avais envie de parler, et Art était deuxième sur ma liste. Mais maman n'a pas eu l'air de comprendre.
– Art est vraiment très gentil, chérie. Pourquoi vous ne l'aimez pas, Brian et toi ?
– Eh bien, si on excepte sa voiture, j'imagine qu'Art n'est pas pire que les autres adultes. Brian et moi, on a encore du mal à se faire à l'idée que tu sortes avec quelqu'un, c'est tout.
– Ma chérie, je ne vous laisserai jamais tomber ! a dit maman en passant un bras autour de mes épaules.
Alors, je me suis laissée aller, et je lui ai tout raconté. Comment Lottie avait oublié mon existence depuis qu'elle sortait avec Jeff. Comment elle n'avait même pas trouvé le temps de venir avec moi chez Danielle, malgré sa promesse…
Ça faisait du bien d'en parler à quelqu'un d'autre que Tina. Maman s'est montrée com-

préhensive ; elle a juste tiqué en apprenant que j'étais devenue amie avec Tina.

– Tina est différente quand elle n'est pas avec Tiffany, ai-je plaidé. Tu n'en reviendrais pas ! Elle aime Clint, mais lui n'a d'yeux que pour Tiffany. Comme tous les garçons, d'ailleurs. D'après elle, seul Jordan fait exception à la règle !

– Un bon point pour Jordan. Je l'aime bien, il a l'air équilibré. En plus, il est beau garçon et champion de base-ball, à ce que prétend Brian.

Soudain, c'était comme si maman et moi avions eu le même âge : je lui disais des choses que, deux semaines auparavant, j'aurais confiées à Lottie.

– J'aimerais bien qu'il se comporte avec moi comme avec Tiffany, lui ai-je avoué. Il me parle avant et après le cours, mais c'est elle qu'il raccompagne à la sortie.

– Mais rien ne t'empêche de le suivre, non ?

– Je ne vais pas m'incruster !

– Je ne vois pas où est le mal, ils ne sortent pas ensemble, si ?

– Non. Laisse tomber ! Il est dix heures et quart ! Il faut y aller.

Nous étions sur le point de sortir quand le téléphone a sonné. Maman a marqué un temps

d'arrêt :
– Art avait dit qu'il appellerait…
– Le répondeur est branché. Viens, on va être en retard !
Pour une fois, j'ai eu gain de cause. Maman a fermé la porte et nous sommes montées dans la voiture. Art pouvait attendre !
Maman s'est garée devant la boutique de Danielle et elle est entrée avec moi. Avant d'aller faire des courses, elle voulait s'assurer que je ne me retrouverais pas défigurée. Même si j'étais crispée, moi aussi, je lui ai dit en riant :
– Ne t'inquiète pas, je serai la même !
Danielle le lui a confirmé, ce qui n'a pas empêché pas maman de me recommander pour la énième fois : « Pas de cheveux teints, pas de faux cils, pas de faux ongles ! »
Ensuite, elle a demandé à téléphoner pour interroger notre répondeur. Deux minutes plus tard, elle est revenue me dire que le message était de Jordan.
J'étais folle de joie : Jordan m'avait appelée ! Que pouvait-il bien me vouloir ? Sur un nuage, j'ai suivi Danielle jusqu'au bac à shampoing. Trop de choses arrivaient en même temps ! J'avais du mal à me concentrer. Alors, j'ai décidé : d'abord, s'occuper du changement de

look et rappeler Jordan seulement ensuite, quand le « nouveau moi » rentrerait à la maison.
– C'est la première fois que tu fais cette démarche, Amanda ? a demandé Danielle.
– Oui. Attention à ne pas en faire trop ! Ma mère aurait une syncope !
– Elle sera ravie en te voyant, et toi aussi !
Comme elle-même avait l'allure d'un mannequin, je me suis détendue en remettant mon destin entre ses mains. Pendant qu'elle me lavait les cheveux, elle m'a bombardée de questions sur mon style de vie, mes habitudes... Elle voulait aussi savoir ce que j'attendais de cette séance.
J'ai réfléchi avant de répondre :
– Avoir l'air naturelle, mais en mieux, comme une toile qui aurait eu un nouveau cadre.
Elle a parfaitement compris ce que je voulais dire : après tout, elle était une artiste, dans son genre. Puis elle m'a posé la question essentielle : le faisais-je pour quelqu'un ou pour moi-même ?
– Pour moi, ai-je répondu après un nouvel instant de réflexion. Ce qui ne veut pas dire que je ne me soucie pas du regard des autres.
« Comme celui de Jordan », ai-je pensé. Jusque-là, c'était l'artiste qu'on voyait en moi ; doréna-

vant, je voulais qu'on remarque aussi la fille.
Après le shampoing, nous avons regardé des modèles sur les magazines. Danielle a longuement étudié la forme de mon visage, puis elle s'est emparée de ses ciseaux :
– Je sais exactement quoi faire ! Il te faut une frange, ça fera ressortir tes yeux.
J'ai dégluti péniblement quand elle a donné le premier coup de ciseaux.
La métamorphose avait commencé.

Chapitre 7

Maman s'est arrêtée sur le seuil de la boutique, interdite, lorsqu'elle est revenue me chercher deux heures plus tard. Elle était stupéfaite ; et, pour être honnête, je l'étais tout autant.

– Amanda, ma chérie ! C'est fantastique ! s'est-elle écriée en m'observant sous toutes les coutures.

Je rayonnais. Danielle avait drôlement bien travaillé !

– Oh, Mandy, a soupiré maman, tu grandis !

Elle avait raison, je grandissais, et mon look s'accordait maintenant avec mon âge. Mes cheveux étaient plus courts et leur coupe adoucissait mon visage. La frange faisait ressortir mes yeux, comme l'avait prédit Danielle. Un maquillage à peine perceptible rehaussait mon teint naturel : une touche de blush pour les pommettes, du rouge à lèvres nacré et un peu de mascara pour allonger mes cils. Danielle m'avait légèrement teinté les sourcils et les avait redessinés, ce qui faisait paraître mes yeux deux fois plus grands. Pour finir, j'avais eu droit à une manucure. Le prix de la séance comprenait une petite trousse à maquillage, que Danielle m'a remise solennellement à la caisse.

Je l'ai remerciée pour mon nouveau visage avant de me tourner vers maman :

– On y va ? J'ai un coup de fil à passer, tu te rappelles ?

Elle ne m'a pas quittée des yeux durant tout le trajet. Moi, j'étais tout simplement heureuse. C'était une journée magnifique, sans aucun nuage à l'horizon. Sur le chemin, nous sommes passées devant chez Angelo. Je me suis demandé si Jordan travaillait tous les samedis.

Maman devait avoir lu dans mes pensées, car elle m'a dit :
– Vous pouvez commander une pizza ce soir, Brian et toi. À moins que vous ne préfériez des surgelés.
– Non, je préfère une pizza, et Brian aussi, j'en suis sûre.
Tout d'un coup, j'ai eu une idée pour ma fresque. C'était la meilleure idée du monde, et elle semblait venir de nulle part, tout comme la décision du changement de look.
– Maman, il faut absolument que j'aille chez Angelo cet après-midi. Pour le concours, me suis-je empressée d'ajouter. J'ai eu une idée géniale pour la fresque ! Je vais peindre des paysages de son pays natal, l'Italie.
Une fois à la maison, j'ai appelé Angelo pour prendre rendez-vous. Puis je me suis enfermée dans ma chambre avec le téléphone et j'ai composé le numéro de Jordan, le cœur battant. C'est lui qui a répondu ; pourtant, j'ai demandé :
– Bonjour, c'est Jordan ?
– Oui, c'est moi. Salut, M.A.L. !
Il avait reconnu ma voix, lui aussi !
– J'ai eu ton message. Excuse-moi de ne pas t'avoir rappelé plus tôt.

– Ce n'est pas grave ! Voilà, je t'avais téléphoné pour…

Jordan avait du mal à trouver ses mots.

– Euh… comment vas-tu ? a-t-il fini par lâcher.

– Très bien, merci.

M'apercevant qu'il était aussi nerveux que moi, je me suis sentie un peu moins angoissée :

– Je suis contente que tu m'aies appelée.

– C'est vrai ?

– Bien sûr.

– Euh… alors, ça avance, la création ?

– Figure-toi que j'ai eu une super idée pour la fresque d'Angelo.

Tout excitée, je lui ai exposé mon projet.

– Génial ! J'y serai aussi cet après-midi. À tout à l'heure, alors !

– D'accord. Ciao !

J'ai raccroché et fermé les yeux. Jordan n'avait pas dit pourquoi il avait appelé ; qu'importe, il le ferait plus tard. Après avoir rêvassé un moment, j'ai contemplé ma chambre. Comment avais-je pu vivre dans un tel bazar ? Je me suis mise à tout ranger. Il m'a fallu plus d'une heure pour venir à bout du désordre. Quand maman est entrée pour prendre le téléphone, elle s'est immobilisée, ébahie.

– Je dois avoir des hallucinations ! s'est-t-elle

exclamée. Si c'est l'effet changement de look, alors, on aurait dû y penser plus tôt.
– La beauté n'est pas seulement superficielle, tu sais.
Elle a refermé la porte, toujours sous le choc. Sur ma lancée, j'ai décidé de repasser mes affaires. Quand tout a été rangé, nettoyé, astiqué, j'ai constaté que cela m'avait fait un bien fou. Finalement, la rengaine de maman: « Une place pour chaque chose et chaque chose à sa place » n'était pas si bête !
Il était l'heure de partir chez Angelo. J'ai mis des vêtements propres, attrapé mon carnet de croquis et mes crayons et jeté un dernier regard dans la glace. J'étais fin prête pour présenter mon nouveau visage au monde, et à Jordan en particulier.

Il n'y avait aucun client chez Angelo. Jordan était en train de remplir les salières; son patron chantait en cuisine. Jordan me tournait le dos, et je me suis approchée de lui à pas de loup.
– Mains en l'air, J.M. ! Ceci est un hold-up !
Jordan a mis ses mains derrière la tête sans se retourner.
– Prends tout ce que tu veux, M.A.L., mais, je t'en supplie, ne me tue pas !

– Une pizza double, et tout de suite ! ai-je fait sans pouvoir me retenir de rire.

– Avec ou sans anchois ?

Nous avons éclaté de rire. Quand Jordan s'est retourné, ses yeux se sont agrandis de surprise, et son rire s'est arrêté net. Sa réaction était exactement telle que je l'avais espérée : il semblait complètement sonné. Puis un seul mot lui a échappé dans un souffle : « Wouah ! »

J'ai joué l'innocente :

– Tout va bien ?

– Si tout va bien ? a répété Jordan. Et comment ! Tu es tout simplement belle, Amanda. Très belle.

Angelo, qui est sorti des cuisines à ce moment-là, a eu le même air ébahi en me voyant. « Il va falloir que je m'y habitue », ai-je songé avec délectation.

– Bellissima, a lancé le patron.

– Merci, Angelo.

Il m'a proposé quelque chose à boire, mais j'ai refusé : j'avais l'estomac trop noué. Angelo est allé chercher un album photos derrière son comptoir, il l'a posé sur la table. Je me suis assise à côté de lui et nous l'avons feuilleté ensemble. Pendant qu'il me parlait de San Gimignano, sa ville natale, je faisais des croquis.

Jordan s'est remis à travailler, mais je voyais bien qu'il ne me quittait pas des yeux.
– Jordan ! l'a appelé son patron. Prends une chaise et viens voir un peu mon pays !
La présence de Jordan m'a demandé un petit effort de concentration…
Penchés tous les trois sur l'album, nous avons passé une demi-heure délicieuse. Angelo nous a montré aussi des portraits de ses parents restés au pays, et j'ai dessiné leurs visages souriants sur mon carnet.
Jordan et Angelo ont demandé à voir mes croquis, et leurs compliments m'ont fait rougir de plaisir.
Le téléphone a sonné. Quand Angelo s'est levé pour aller répondre, Jordan s'est tourné vers moi :
– M.A.L., je t'ai appelée ce matin parce que… euh… je voulais savoir si tu…
– Si quoi, J.M. ? ai-je demandé dans un souffle.
– Eh bien, si tu voulais aller au musée avec moi, demain après-midi.

Chapitre 8

Un seul mot convenait pour cet instant-là : magique.

– Oui, ça me ferait très plaisir.

Et devinez qui a fait irruption dans la pizzeria à ce moment précis ? Brian, bien sûr ! Finie, la magie ! Il a passé sa tête hirsute dans l'entrebâillement de la porte et s'est exclamé :

– Salut, champion ! Comment ça va ? Viens, Amanda, maman nous attend.

Je lui ai lancé un regard noir :

– Dis-lui que j'arrive dans une minute. Et reste dans la voiture.

Évidemment, il ne m'a pas obéi. Il est entré et s'est avancé vers moi.

– Oh là là, Amanda ! a-t-il braillé. Qu'est-ce que t'as fait à tes cheveux ?

– Brian, retourne à la voiture immédiatement, ai-je sifflé entre mes dents.

– T'as l'air bizarre ! a insisté mon frère.

– Je ne t'ai pas demandé ton avis !

Mon petit frère a fait sa mine d'abruti ; je savais pertinemment que les choses allaient empirer si je ne quittais pas le restaurant sur-le-champ. « Il ne grandira jamais », ai-je pensé, désespérée.

J'ai rassemblé mes affaires :

– Je ferais mieux d'y aller !

– De toute façon, ma pause est terminée, a dit Jordan. Je passe te chercher demain en début d'après-midi.

– D'accord. Au revoir.

– Ciao !

Une fois dehors, j'ai passé un savon à mon frère :

– Je n'ai pas l'air bizarre, espèce de petit monstre ! Retire ce que tu as dit.

Les petits frères sont vraiment des plaies. Dès qu'il vous arrive quelque chose de génial, ils

s'emploient à tout gâcher.
Nous sommes montés dans la voiture tout en nous disputant.
– Qu'est-ce qui se passe, Mandy? a soupiré maman.
– Tu n'as qu'à lui demander à lui! Il prétend que j'ai l'air bizarre.
– Mais c'est vrai! a geint Brian.
Maman s'est fâchée:
– Fais des excuses à Amanda! Ta sœur est très jolie comme ça.
Pour toute réponse, Brian a éclaté en sanglots.
– Elle me fait peur, avec ses cheveux, hoquetait-il. Elle est si... grande! Aussi vieille que toi!
Je commençais à comprendre: je lui semblais plus adulte qu'avant, et il l'exprimait par le terme « bizarre ».
– Tu sais, Brian, je suis peut-être différente en apparence, mais, à l'intérieur, c'est toujours la même Amanda.
Je l'ai embrassé sur sa joue mouillée de larmes; je me sentais honteuse d'avoir si mal réagi. Il avait quand même huit ans de moins que moi!
L'incident clos, j'allais annoncer que je sortais le lendemain avec Jordan; mais maman m'a devancée:

– Au fait, j'ai téléphoné à Art, et j'ai annulé notre rendez-vous de ce soir.
– Youpi ! s'exclama Brian.
– Super…, ai-je commenté.
Pas de baby-sitting signifiait pas d'argent de poche ; mais au moins maman n'allait pas nous lâcher pour Art.
– Et ce n'est pas tout, a poursuivi maman. Art et moi, on a reporté notre rendez-vous à demain après-midi. On ira tous les quatre au zoo, en famille.
Demain après-midi ? Tous les quatre ? J'étais incapable d'articuler un son.
– Mais la voiture d'Art est trop petite pour nous quatre ! a objecté Brian.
– Art a deux voitures, mon chéri. Demain, il prendra sa Jeep.
– Génial ! a explosé Brian.
Un après-midi « en famille » ! Maman avait dû rapporter à Art notre conversation sur sa voiture d'égoïste. J'étais effarée : et ma vie privée à moi ? Y avait-elle pensé un instant ?
– Tu aurais pu me demander mon avis ! lui ai-je reproché, indignée.
– Mandy, je sais que tu as besoin d'argent de poche, mais…
– Ce n'est pas la question, maman ! Demain

après-midi, je sors avec un garçon.
Un silence éloquent s'est fait dans la voiture.
– Quoi ? a demandé Brian après avoir retrouvé l'usage de la parole.
– Tu as parfaitement entendu !
C'était le comble : mon frère acceptait que notre mère ait des rendez-vous, mais pas moi.
– Brian, tais-toi une minute, a dit maman.
Elle a ralenti et m'a jeté le regard qui tue dans le rétroviseur.
– Et… on peut savoir avec qui ?
Je ne comprenais absolument pas pourquoi elle avait cet air sévère. J'avais été sûre qu'elle serait contente pour moi !
– Jordan Michaels.
– Tu as accepté son invitation sans me prévenir ?
– Je ne pensais pas que ça te poserait un problème.
– Eh bien si, figure-toi. Nous en reparlerons à la maison !
J'aurais dû me méfier, ce qui m'arrivait était trop beau pour être vrai. Apparemment, maman avait décidé que je n'aurais pas de vie privée avant ma majorité ! Et, au lieu d'aller au musée avec Jordan, je devrais monter dans la satanée Jeep d'Art pour aller faire un tour en famille.

Jordan ne m'adresserait plus la parole. Jamais je ne le pardonnerais à maman, jamais ! Je me retenais de fondre en larmes.

Une fois à la maison, j'ai filé dans ma chambre et claqué la porte. Puis je me suis allongée sur mon lit et j'ai enfoui la tête dans mon oreiller.

Un peu plus tard, maman a frappé à la porte.

– Il faut qu'on parle, Mandy.

J'ai relevé la tête : si elle m'appelait Mandy, il restait peut-être un espoir.

– Entre, ai-je reniflé.

– Sèche tes larmes, ma chérie, a-t-elle dit en me tendant un mouchoir. Est-ce que tu comprends pourquoi je suis fâchée, Mandy ?

– Oui, mais pourquoi tu crois que je ne peux rien décider par moi-même?

– Voyons, Mandy ! C'est bien toi qui as décidé de changer de tête, non ? Mais tu m'as demandé la permission avant, n'est-ce pas ?

– Oui.

Là, elle marquait un point.

– Où Jordan veut-il t'emmener demain ?

– Au musée.

– Et tu n'as pas jugé nécessaire de m'en parler avant d'accepter ?

– Il m'a prise de court, maman. J'étais tellement contente que je n'ai pas réfléchi.

– Je vois. Mettons les choses au point : la prochaine fois que Jordan te propose de sortir, tu demandes mon avis, d'accord ?

– Il ne m'invitera plus jamais après ce faux bond !

Et là, maman a fait quelque chose d'étonnant.

– Pour cette fois, a-t-elle dit, je passe l'éponge. Tu peux y aller.

– C'est vrai ? Oh, maman !

– Je trouve que Jordan est le garçon idéal pour un premier rendez-vous, a-t-elle affirmé en souriant. Seulement, à l'avenir, n'oublie pas de me consulter. C'est mon boulot de mère, après tout !

J'ai sauté dans ses bras. L'instant d'après, comme les meilleures amies du monde, nous étions en train de choisir la tenue que je porterais lors de mon premier rendez-vous.

Chapitre 9

Ce soir-là, j'étais tellement tendue que j'étais sûre de ne pas pouvoir m'endormir. J'ai dû sombrer toutefois, car je me suis réveillée en sursaut le lendemain matin. Pendant une minute, je ne savais pas où j'étais. Ma chambre était tellement bien rangée !

La journée commençait sous les meilleurs auspices. Mais j'ai vite découvert comme il est dur de patienter le jour d'un premier rendez-vous… Après le déjeuner, j'ai passé un bon moment dans un bain moussant. Puis je me suis verni les ongles, et me suis maquillée selon les conseils de Danielle – « Qui peut le plus peut le moins » — j'ai mis un pantalon bleu et un pull assorti. J'étais fin prête une heure avant l'arrivée de Jordan. Art venait chercher Brian et maman au même moment. Ça tombait plutôt mal.

Je m'impatientais en regardant l'heure. Brian, qui était dans sa phase « pourquoi », me bombardait de questions :

– Pourquoi, Jordan et toi, vous ne venez pas au zoo avec nous ?

– Parce que nous avons rendez-vous tous les deux, pas pour une sortie en famille.

– Pourquoi, aller au zoo, c'est pas un rendez-vous ? Et pourquoi…

– Brian, s'il te plaît, va jouer ailleurs.

– Toi-même !

Mon petit frère était en train de me faire tourner en bourrique, comme d'habitude. Pour me débarrasser de lui, je me suis levée, et j'ai décidé d'appeler Lottie. Elle était au courant pour ma séance au salon de beauté, pas pour mon rendez-vous avec Jordan. Même si nous n'étions plus les meilleures amies, je pensais que ça l'intéresserait de savoir ce qui se passait dans ma vie. J'avais à peine posé la main sur le

téléphone qu'il s'est mis à sonner. C'était Lottie !
– Salut, ai-je dit. Ça fait longtemps…
– Oh, Mandy, on a rompu, Jeff et moi ! a-t-elle gémi.
J'ai répondu un peu sèchement :
– Je suis désolée pour toi.
Il n'était pas question que j'oublie qu'elle m'avait ignorée pendant deux longues semaines !
Elle a reniflé :
– On a eu une grosse dispute… Il m'a dit des choses terribles, je n'arrête pas de pleurer.
Sans cette traversée du désert que je devais à Jeff Rice, qui s'était mis entre nous deux, j'aurais écouté les petits soucis de Lottie, j'aurais été là pour elle en n'importe quelles circonstances, j'aurais même pleuré avec elle. Mais plus maintenant. J'ai lancé :
– Écoute, je ne peux pas parler maintenant.
C'était exactement les mots qu'elle avait employés deux semaines plus tôt.
– J.M. va arriver, tu sais ce que c'est.
– Qui ?
– Jordan Michaels, on a rendez-vous.
– Toi et Jordan ?
– Lottie, il faut vraiment que j'y aille. Je t'ap-

pelle un de ces jours si j'ai le temps. Ciao !

Et j'ai raccroché.

J'avais pensé que lui rendre la monnaie de sa pièce me ferait du bien, mais je m'étais trompée. J'essayais de me convaincre qu'elle l'avait bien cherché. On ne laisse pas tomber sa meilleure amie comme une vieille chaussette !

Pourtant, je n'étais pas très fière de moi. Je suis retournée au salon. Brian était collé à la fenêtre et guettait l'arrivée de la Jeep d'Art. J'ai décidé d'être super gentille avec lui, peut-être pour me racheter de mon attitude avec Lottie, et je lui ai proposé une partie de cartes.

Enfin, à deux heures moins cinq, une Jeep rouge est apparue dans l'allée.

– Maman ! Art est là ! a hurlé Brian.

Maman est entrée dans le salon, excitée comme une gamine.

– Tenez-vous bien, vous deux, et n'oubliez pas d'appeler Art « monsieur Maxwell ».

– Monsieur Maxwell, monsieur Maxwell, se répétait Brian.

– Et n'appelle pas Jordan « champion » non plus. Et surtout ne crie pas quand il arrivera, lui ai-je recommandé.

– Et comment je l'appelle, alors ?« Monsieur Michaels », peut-être ?

– Bon, ça suffit ! a rouspété maman.

Elle s'est précipitée vers la porte, qu'elle a ouverte sans avoir laissé à Art le temps de sonner.

Elle se tenait dans l'entrée, tout sourire. Je comprenais bien ce qu'elle éprouvait. Pour quelque étrange raison, je me sentais plus proche d'elle.

Art a eu l'air surpris quand il m'a vue. Il faut reconnaître qu'il s'est montré délicat. Il a dit simplement :

– Tu es ravissante, Amanda.

– Merci, monsieur Maxwell, ai-je répondu poliment.

– Mandy s'est fait ravaler, lui a appris Brian.

Je l'aurais tué ! Heureusement, Art a juste dit en plaisantant :

– Ta sœur a à peu près autant besoin d'un « ravalement », comme tu dis, que ta mère. Elles sont toutes les deux charmantes !

J'ai rougi jusqu'aux oreilles. J'espérais que maman, Art et Brian partiraient avant l'arrivée de Jordan. Cet idiot de frère ne perdait pas une occasion de gaffer !

Jordan a sonné à la porte à deux heures pile. Il a salué maman, puis je l'ai présenté à Art. Évidemment, maman lui a posé un milliard de question : combien de temps on passerait au musée, à quelle heure on reviendrait. Du coup, Brian ne pouvait pas en placer une, c'était déjà ça.

Jordan a dit à maman que, si elle était d'accord, il m'emmènerait au restaurant après, et lui a promis qu'on serait de retour à huit heures.

– Pas plus tard ! a insisté maman.

– Et pas de bisous ! est intervenu Brian.

J'ai viré rouge tomate. J'aurais voulu disparaître sous terre !

– Passez un bon après-midi ! a dit maman pour faire diversion.

Et elle nous a poussés vers la porte.

Chapitre 10

C'était la première fois que Jordan visitait notre musée. Je l'ai entraîné vers les œuvres de mon peintre préféré. Alors que nous échangions nos impressions sur les toiles, Jordan a passé délicatement son bras autour de mes épaules. Je l'ai regardé dans les yeux et lui ai souri. C'était un moment magique et, cette fois, il n'y avait pas de Brian pour tout gâcher. Après la visite, nous sommes allés dans le quartier animé de Seattle, avec ses restaurants, ses musiciens de rue, son

ambiance festive.
– J'adore cet endroit ! a dit Jordan. Pas toi ?
– Si. J'ai très envie de peindre tout ça !
– La prochaine fois, prends ton carnet de croquis.
– La prochaine fois ?
Il s'est arrêté et m'a pris la main :
– Pourquoi pas ? On pourrait passer plein de bons moments ensemble, si tu veux bien.
– Oui, je veux bien. Je passe en effet un très bon moment, J.M.
– Moi aussi, M.A.L., moi aussi, a-t-il murmuré.
Ensuite, il m'a proposé d'aller au restaurant. Il avait choisi Haven, l'endroit préféré des jeunes. Toute sa bande était là, attablée. Il y avait, entre autres, Tiffany, Tina et Clint. Tiffany faisait son cinéma habituel, monopolisant l'attention. À notre entrée, un grand silence s'est fait dans la salle. Jordan a demandé une table pour deux à la serveuse. Il n'avait pas lâché ma main. Alors que nous arrivions à sa hauteur, Tiffany a froncé les sourcils :
– Salut, Jordan, a-t-elle dit, l'air pincé, en m'ignorant complètement. Où étais-tu passé ?
– Sois sympa, pour une fois, Tiffany, est intervenue Tina.

Jordan, lui, a fait comme si de rien n'était. Il a dit poliment :
– Salut, Tiffany, salut, tout le monde. Vous connaissez Amanda Lindsay ?
– Pas cette Amanda Lindsay-là, a répondu Tina. Ta coupe de cheveux te va super bien, Amanda !
– Merci. C'est récent, je ne m'y suis pas encore habituée.
J'ai pensé qu'il me faudrait encore plus de temps pour m'habituer aux regards admiratifs… Ils l'étaient tous, à une exception : Tiffany. J'ai adressé un petit signe à Tina, et elle m'a félicitée en levant son pouce. Tiffany nous a foudroyées toutes les deux du regard.
Une fois à notre table, j'ai commandé un hamburger, des frites et un soda ; Jordan m'a imitée. Après le départ de la serveuse, il s'est penché vers moi :
– Tu es l'attraction principale de la soirée, M.A.L., que tu le veuilles ou non.
Je me suis enfoncée dans mon siège :
– Je ne le veux pas !
– Détends-toi et profites-en.
– Facile à dire ! Je n'ai jamais été dévisagée comme ça ! ai-je chuchoté.
– Tu te trompes ! Ça fait des semaines que je

t'observe en cours d'italien !

– Tu observes surtout mes dessins.

– Pas seulement ! Je connais ta nuque par cœur.

Je ne savais quoi répondre, tant j'étais surprise.

– Si je te dis que j'étais trop timide pour oser te parler, tu me croiras ? a-t-il poursuivi.

– C'est pareil pour moi ! On fait la paire, on dirait.

– Eh oui, dit Jordan doucement.

Maintenant, je savais que nous continuerions à nous voir. Nous nous entendions si bien !

Un peu avant huit heures, Jordan m'a raccompagnée chez moi. Devant la porte d'entrée, il m'a effleuré la joue du bout des doigts.

Je suis rentrée dans la maison le cœur léger et des étoiles plein les yeux. Ce dimanche se terminait merveilleusement bien. Oui, c'était une journée inoubliable.

Chapitre 11

Était-ce à cause de ma nouvelle apparence ou parce que j'étais sortie avec Jordan ? Le lundi matin, tous ceux qui nous avaient vus au restaurant se sont montrés super sympa, même Tiffany. En une nuit, j'étais devenue quelqu'un de fréquentable. Pour la première fois de ma vie, je découvrais ce que ça faisait d'être populaire, et c'était une sensation grisante.

Avant les cours, j'étais avec Jordan, Tiffany, Tina et Clint lorsque j'ai aperçu Lottie, seule devant son casier. Elle m'observait, l'air incrédule. Je lui ai souri de loin, mais ne lui ai pas fait signe de nous rejoindre. Tina l'avait remarquée aussi :

– Il y a une rumeur qui court comme quoi Jeff et Lottie ont rompu. C'est vrai ?

– Effectivement.

– Si tu veux mon avis, est intervenue Tiffany, ils étaient mal assortis depuis le début, et…

– Mais personne ne t'a demandé ton avis, l'a coupée Jordan.

Elle lui a adressé une grimace et s'est tourné vers son admirateur :

– Pas vrai, Clint ?

– Ouais, un vrai désastre ! Je n'ai jamais compris ce que Jeff pouvait bien lui trouver !

J'aurais voulu prendre la défense de Lottie, ou au moins changer de sujet, mais les mots restaient coincés dans ma gorge. Par chance, la sonnerie a retenti à ce moment précis. Sauvée par le gong ! En me dirigeant avec Jordan vers la salle de cours d'italien, je tentais de chasser Lottie de mes pensées. J'avais tellement d'autres choses, plus agréables, en tête ! Et, pour commencer, la réaction des gens sur mon passage… « Fini, l'ancien moi ! » ai-je songé, grisée par ma popularité toute neuve.

– Si tu veux mon avis, à moi, a dit tout à coup Jordan, Jeff et Lottie formaient un couple parfait.
– Mais personne ne t'a demandé ton avis ! l'ai-je taquiné.
– Ne fais pas ta teigne, Amanda, ce n'est pas ton genre ! Laisse ça à Tiffany.
Pendant tout le trajet jusqu'à la salle de cours, nous avons plaisanté gentiment. J'étais à deux doigts de me pincer pour vérifier si je ne rêvais pas. J'ai fait un vœu : « Pourvu que ce rêve-là ne s'arrête jamais ! »
Nous nous sommes revus aux intercours ; ensuite nous avons déjeuné avec Tiffany, Tina et Clint.
Tina ne semblait pas à l'aise. Au milieu du repas, elle a marmonné qu'elle devait réviser et a quitté la table.
– Je ne sais pas ce qu'elle a ! a lancé Tiffany. Elle devient complètement asociale !
J'étais sûre qu'elle avait dit la même chose la semaine précédente, quand Tina avait déjeuné avec moi. Mais, pour la seconde fois ce jour-là, je n'ai pas pris la défense d'une amie. Après tout, je ne pouvais pas lui balancer que Tina avait de bonnes raisons de se considérer comme la cinquième roue du carrosse. Je suis donc

restée silencieuse, essayant de ne pas me sentir coupable.

Jordan, lui, n'a pas hésité à intervenir :

– Laisse Tina tranquille, Tiffany ! C'est sa vie.

– O.K., Jordan. Merci pour la douche froide.

Elle s'efforçait de plaisanter, mais cette remarque lui avait rabattu son caquet. Le rouge lui était monté aux joues. J'avais rougi également, car c'était à moi de la rembarrer, pas à Jordan.

Tiffany a changé de sujet :

– J'espère que tu viens à ma soirée entre filles samedi soir, Amanda ?

C'était la première fois que j'étais invitée chez Tiffany. J'ai failli dire oui tout de suite, mais je me suis rappelé la promesse faite à maman :

– Je demande à ma mère ce soir.

Jordan a laissé échapper un soupir et m'a lancé un regard déçu.

– Dommage, je voulais t'emmener au cinéma samedi, m'a-t-il murmuré à l'oreille.

Inutile de dire que j'aurais décliné l'invitation de Tiffany si je l'avais su avant. Mais il était trop tard.

Après le déjeuner, alors que nous retournions en cours, Jordan était bien silencieux.

– Tu as perdu ta langue ? lui ai-je demandé.

– Non, je réfléchis, c'est tout.
– À quoi ?
– À toi, Amanda. Si tu ne fais pas attention, tu finiras par ressembler à Tiffany.
– Il n'y a pas de risque ! Je t'assure que j'aurais préféré passer cette soirée avec toi ! Et si on allait au cinéma dimanche soir ?
– Non, je ne peux pas, je travaille chez Angelo. Je m'étais libéré pour samedi. Tu me réserves ton samedi d'après, d'accord ?
– Ça marche !

Décidément, ce n'était pas une journée comme les autres ! À ma grande surprise, Clint m'a demandé de faire partie du club de musique, alors que je n'y connais strictement rien. Puis une fille de ma classe m'a proposé de me présenter pour être déléguée. Pourtant, je ne m'étais jamais intéressée à ces activités-là, je n'y avais jamais pris part, étant trop occupée par ma peinture. Flattée, j'ai accepté les deux propositions.

Le soir, au dîner, j'ai demandé à maman la permission d'aller à la soirée de Tiffany. Elle a accepté, à condition que les parents de Tiffany soient présents ce soir-là.

Ensuite, je lui ai raconté toutes les bonnes nouvelles, et surtout la meilleure : Jordan ne m'avait pas quittée de la journée ! J'en ai profité pour lui

dire qu'on voulait sortir ensemble le samedi suivant. Là aussi, elle était d'accord. Par contre, maman n'avait pas l'air aussi enchantée que moi par ma popularité toute fraîche.
– Tu ne crois pas que tu as les yeux plus gros que le ventre, Amanda ?
– Bien sûr que non, maman. J'ai grandi, tu sais. Je saurai très bien me débrouiller dans ma nouvelle vie.
– Bon ! J'espère que cela ne va pas te faire oublier tes devoirs !
Je voyais parfaitement où la conversation allait nous mener. Pour éviter le sermon sur mes résultats scolaires, je me suis empressée de débarrasser la table et me suis attaquée à la vaisselle sans attendre qu'on me le demande. Mon stratagème a fonctionné à merveille.
– Mandy, mais qu'est-ce qui t'arrive ? s'est-elle écriée.
– Je ne suis plus la fille négligée que j'ai été, c'est tout. Tu t'y feras, tu verras.
Nous avons éclaté de rire.
Malgré mes promesses, je n'ai pas fait mes devoirs ce soir-là. J'ai eu un long coup de fil de Clint, je me suis verni les ongles… Ensuite, j'ai passé une bonne heure à choisir les vêtements que je porterais le lendemain.

Chapitre 12

Je voyais Lottie tous les jours au lycée. Je lui souriais de loin dès que je croisais son regard, mais je n'ai fait aucun effort pour renouer notre amitié. Sans être totalement indifférente, j'avais repoussé le problème dans un coin de ma tête, ce qui m'a permis de ne pas me poser de questions.
Le samedi soir, juste au moment où je m'apprêtais à partir chez Tiffany, Tina m'a appelée pour me dire qu'elle ne viendrait pas.

– Mais pourquoi ?
– Parce que je suis amie avec Lottie, et que Tiffany ne l'a pas invitée à sa soirée.
Je n'avais pas remarqué que Tina et Lottie avaient sympathisé. Ça avait dû se passer sous mes yeux, pourtant !
– J'ai déjeuné avec Lottie toute la semaine, a continué Tina. On se sent vraiment de trop depuis que vous êtes scotchés deux par deux !
J'étais très mal à l'aise, ayant connu moi aussi cette position avant de sortir avec Jordan.
– J'espère que tu ne sauras jamais ce que c'est que d'être mise à l'écart, Amanda, a dit Tina d'un ton plein de sous-entendus.
– Je connais déjà, merci ! Lottie n'avait pas une minute pour moi quand elle sortait avec Jeff, je te signale.
– Lottie s'en veut terriblement. Mais elle dit aussi que tu ne lui as laissé aucune chance de se rattraper.
– Ce qui s'est passé entre Lottie et moi ne te regarde pas !
– Je suis désolée d'avoir à te le dire, Amanda, mais tu changes ! Je ne te connaissais pas ce cœur de pierre et cet égoïsme. Tu deviens comme Tiffany. C'est l'autre raison pour laquelle je n'ai pas envie d'aller à sa soirée.

– Fais comme tu veux ! ai-je dit sèchement.
– Apparemment, je ne vais pas te manquer, et à Tiffany non plus. Salut.
– Salut.
Nous avons raccroché en même temps, fâchées. J'étais furieuse ! Si Tina avait voulu me culpabiliser et me gâcher la soirée, c'était réussi !
Avant de me déposer chez Tiffany maman m'a fait un tas de recommandations, si bien que j'étais drôlement soulagée quand nous y sommes arrivées.
Toutes les filles étaient dans la cuisine ; les parents de Tiffany regardaient la télé dans leur chambre.
– Amanda ! s'est exclamée Tiffany. J'ai cru que tu ne viendrais jamais !
Aussitôt, je me suis retrouvée entourée par la bande. Après avoir mangé ce que chacune avait apporté, nous avons suivi Tiffany à l'étage, dans une grande pièce, où nous avons installé nos sacs de couchage. Nous avons discuté jusqu'à deux heures du matin ! Personne ne m'a fait ressentir que j'étais nouvelle dans la bande ; personne non plus n'a mentionné l'absence de Tina, ce qui a apaisé ma conscience.
Pendant toute la soirée, j'essayais de me convaincre que je m'amusais bien. J'essayais

aussi d'oublier Tina et Lottie, mais, au fond, elles me manquaient.

La semaine suivante, ma vie trépidante a repris son cours. Je n'avais pas une minute à moi. Malheureusement, j'ai à peine vu Jordan, qui s'était mis à travailler les soirs de semaine en plus des week-ends.
Le samedi, nous sommes allés au cinéma. Après m'avoir raccompagnée, Jordan m'a embrassée sur la joue. J'étais au paradis. Le mardi, il y avait une soirée chez Clint, à laquelle je suis allée seule. Ce n'était pas trop désagréable, car plein de gens étaient venus seuls.
J'ai rejoint Tiffany et Clint, qui discutaient dans un coin.
– Jordan n'est pas très marrant, ces derniers temps ! disait Clint. Il ne fait que bosser !
– M'en parle pas ! a soufflé Tiffany. Il n'a du temps que pour Amanda.
– Pas autant que je voudrais, ai-je soupiré.
Je ne souhaitais pas que Clint ou Tiffany le lui répètent, mais l'un des deux a dû s'en charger, car Jordan m'a abordée dans le couloir le mercredi matin et m'a dit, l'air blessé :
– Il paraît que tu te plains de moi, Amanda.
– Ce n'est pas ce que j'ai voulu dire !

– Et que voulais-tu dire ?
– Je pense seulement qu'on pourrait se voir plus souvent. C'est tout. Et Tiffany et Clint feraient mieux de tenir leur langue.
– Peut-être que ce ne sont pas de vrais amis. J'ai l'impression qu'ils m'évitent.
– Tu te fais des idées ! lui ai-je assuré.
Je m'en suis voulu aussitôt : je savais bien que Jordan avait raison.
– Peut-être. Mais, fais-moi plaisir, la prochaine fois que tu trouves que quelque chose ne va pas, parle-m'en à moi plutôt qu'à eux.
– Je ne me plaignais pas, bon sang !
– Ah oui ? Ça m'en avait tout l'air, pourtant.
Je ne savais plus quoi dire. Jordan m'a regardée dans les yeux :
– Si tu veux rompre avec moi, dis-le, Amanda.
– Mais non ! Je suis désolée. Oublions ça, et arrêtons de nous disputer, je t'en prie !
– D'accord.
Puis, changeant brusquement de sujet, il a demandé :
– Alors, ça avance, ces croquis ?
– Quels croquis ? me suis-je étonnée.
– Pour la fresque chez Angelo. Le concours, tu te rappelles ?
– Ah oui, bien sûr…

J'avais été tellement occupée ces derniers temps que je n'avais pas eu une minute pour m'y mettre. Comme il était hors de question de le lui avouer, j'ai marmonné :

– J'y travaille.

– Tu ne gribouilles plus sur tes cahiers en cours, a-t-il remarqué. Comment ça se fait ?

Je n'ai rien trouvé à répondre. Bizarrement, l'art était relégué au dernier plan de mes préoccupations depuis les changements survenus dans ma vie.

– Tout le monde a besoin de faire une pause, ai-je fini par dire, espérant qu'il n'insisterait pas.

À partir de ce moment-là, il n'en a plus parlé.

Chapitre 13

Un soir, maman est entrée dans ma chambre alors que je me séchais les cheveux :

– Il faut qu'on parle !

– De quoi ?

– De plusieurs choses. Voilà ! La mère de Lottie m'a téléphoné aujourd'hui pour me raconter ce qui s'est passé entre sa fille et toi.

J'ai haussé les épaules :

– Lottie et moi, on a pris des directions différentes, c'est tout !

– Vous étiez amies depuis si longtemps ! Une amitié ne s'arrête pas du jour au lendemain sans une bonne raison.
– Jeff Rice est une excellente raison, ai-je lancé en posant ma brosse. Dès l'instant où Lottie a eu un petit ami, elle m'a laissée tomber comme une vieille chaussette. Ça m'a blessée, mais elle n'a pas tenu compte de mes sentiments.
– Tu n'es pas en train de lui faire la même chose, par hasard ?
– Tu ne comprends pas, maman ! Lottie et moi, on n'est plus sur la même longueur d'ondes, ai-je soupiré, excédée.
– Justement, parlons-en, de cette fameuse longueur d'ondes ! Tu passes tellement de temps avec tes nouveaux amis que, Brian et moi, on ne te voit pratiquement plus. On ne fait plus rien ensemble, et cela nous manque, Mandy.
– Je ne peux pas passer tout mon temps en famille, maman ! Je croyais que ça te ferait plaisir de voir que je suis populaire. Bientôt, tu vas me dire que je n'aurais pas dû changer de look !
– Ta nouvelle apparence a provoqué des changements auxquels je ne m'attendais pas, a-t-elle soupiré. En réalité, je regrette ton côté bohème, ma chérie.

– Quoi ? J'étais une vraie souillon ! Tu ne veux quand même pas que je redevienne aussi désordonnée et négligée qu'avant ?
– Non, a admis maman. Mais je ne peux m'empêcher de penser à ce que tu étais. Où est passée ta nature artistique ? Si tu te remettais à peindre, je ne verrais aucun inconvénient à ce que tu retrouves tes tenues négligées !
Brian a passé la tête par la porte à ce moment-là et a demandé à maman de l'aider pour ses devoirs.
– Ton talent est un précieux cadeau, Mandy, a-t-elle dit en se levant. C'est une part importante de toi, ce qui fait que tu es unique. Réfléchis bien avant de laisser tomber !
Après son départ, j'ai fermé la porte de ma chambre et me suis allongée sur le lit. Les paroles de maman me trottaient dans la tête, faisant écho à celles de Jordan. Des images de Tina et Lottie me venaient également à l'esprit. J'essayais de ne plus y penser ; en vain. Maman m'avait obligée à regarder les choses en face, à me rendre compte de ce qu'était devenue ma vie.
« Qui suis-je ? Qu'est-ce que je veux vraiment ? » me demandais-je. Mais je n'avais aucune réponse.

Le lendemain, après le cours d'italien, j'ai raconté à Jordan la discussion avec maman, m'attendant à un peu de compréhension de sa part. Quel choc !

– Ta mère a raison, Mandy. Où est passée l'artiste que tu étais ?

– Ça alors ! On croirait entendre ma mère. Quel mal y a-t-il à vouloir s'amuser un peu ? Moi, ça me plaît d'être populaire.

Il a secoué la tête, le regard triste :

– Tu as beaucoup changé !

– Si tu parles de mon changement de look, il me semble que ça te plaisait plutôt.

– Ce n'est pas ça. Je te trouvais déjà très jolie, avant. Ce qui m'a séduit d'abord, ce sont tes dons artistiques. Ton idée pour la fresque d'Angelo était vraiment originale.

– Tu parles comme si tout ça n'existait plus.

– Non, a-t-il dit sèchement. Je suis réaliste, la date limite pour le concours, c'est samedi prochain, et ça n'a pas l'air de t'affoler.

– Quoi ? Tu plaisantes ?

– J'aimerais bien ! Tu sais, j'ai beaucoup réfléchi. Peut-être que nous n'avons plus grand-chose à faire ensemble, après tout. Je suis désolé, mais tu ne ressembles plus à la fille dont je suis tombé amoureux.

J'étais anéantie : il était en train de rompre avec moi ! Je devais à tout prix garder la face, ne pas lui montrer combien ça me faisait mal. Je me suis mordu la joue, et j'ai dit :
– Bon, puisque tu le veux... Au revoir, Jordan.
Je me suis éloignée en étouffant des sanglots. Il m'a appelée, et je ne me suis pas retournée.
Toute la matinée, les paroles de Jordan ont résonné dans ma tête. J'ai fini par comprendre ce que maman et Jordan avaient essayé de me dire. Depuis mon relookage, j'avais placé ma popularité au-dessus de tout, y compris l'amitié et l'art. C'est pour ça que j'avais perdu l'amour de Jordan. Et si je ne m'extirpais pas de ce tourbillon, ma vie perdrait son sens. Et je ne finirais pas mes croquis à temps pour le concours...Ça a été très dur de constater à quel point j'avais été égoïste et aveugle.
À l'heure du déjeuner, j'ai évité Tiffany et sa bande. J'avais l'estomac trop noué pour pouvoir avaler quoi que ce soit ; je suis allée me réfugier dans la bibliothèque.
Tina et Lottie étaient là. À la vue de mes anciennes amies, j'ai fondu en larmes.
– Amanda ! s'est exclamée Lottie. Qu'est-ce qui se passe ?
J'ai hoqueté :

– Rien, rien.
– Prends une chaise et arrête de pleurer, a dit Tina en me passant le bras autour des épaules.
– Je ne peux pas m'en empêcher !
Lottie m'a tendu un mouchoir :
– Dis-nous tout, Amanda.
– Jordan… on a rompu. C'est fini !
– Ma pauvre ! a compati Lottie. Je sais ce que c'est, crois-moi. Dans des moments comme ça, c'est bon d'avoir des amis, a-t-elle dit d'un air compréhensif.
– Sache qu'on est là ! ajouta Tina.
– J'ai été nulle avec vous deux ! Je m'excuse.
– Ça, c'est vrai, a dit Lottie en m'entourant de ses bras. Mais on ne t'en veut plus, hein, Tina ?
– Bien sûr. Bienvenue au club des cinquièmes roues du carrosse !
La réconciliation m'a fait du bien et m'a donné le courage de reconnaître mes erreurs.
– Je ne laisserai plus jamais tomber mes amis, ai-je affirmé. C'est juré !
– Moi non plus, a dit Lottie. Je n'aurais pas dû laisser Jeff prendre toute la place dans ma vie.
– Peut-être que je devrais parler à Tiffany. Ça fait si longtemps que nous sommes amies ! En plus, je ne lui ai jamais expliqué que je me sentais mise à l'écart, a dit Tina pensivement.

J'étais tellement heureuse d'avoir retrouvé mes amies ! En les laissant, je leur ai murmuré simplement : « Merci. »
L'après-midi, je suis allée en cours le cœur plus léger. Je songeais à mes croquis pour le concours, et je me suis fait la promesse de les rendre à l'heure. Ça ne ferait pas revenir Jordan, mais je me sentirais mieux.

Chapitre 14

Pendant le reste de la semaine, j'ai passé tout mon temps libre à travailler. Au lycée, Jordan et moi nous montrions polis l'un envers l'autre, mais nous ne déjeunions plus ensemble et il ne m'accompagnait plus en cours. J'étais toujours folle de lui, mais je gardais mes sentiments pour moi. Et s'il tenait encore un peu à moi, il se gardait bien de le montrer. Je me suis efforcée de me conduire autrement, mais je n'ai rien changé à mon apparence : c'était bien la seule chose qui

me plaisait en moi. J'ai continué à m'habiller soigneusement, sauf le samedi, où j'ai mis ma chambre sens dessus dessous. Maman, qui est passée me voir, a eu l'air enchantée, tout comme Art. Ce dernier s'est révélé très sympathique.
J'ai travaillé d'arrache-pied jusqu'à la dernière minute. Les participants avaient jusqu'à dix-huit heures pour rendre leur travail.
Un quart d'heure avant, j'étais prête. J'ai rangé le tout dans mon carton à dessins, et Art m'a accompagnée en voiture. Maman et Brian étaient du voyage.
– Jordan travaille ce soir ? a demandé maman, mine de rien.
Elle savait que nous avions rompu, et avait eu la délicatesse de ne pas poser de questions.
– Je crois, oui.
Toute la semaine, j'avais griffonné dans mes cahiers, en espérant secrètement que Jordan le remarquerait. Mais il n'avait pas dû le voir, car il ne m'en avait pas parlé. Qu'allait-il penser de mon travail ?
– On t'attend dehors, a proposé Art, une fois arrivés.
– Pas moi ! a protesté Brian. Je vais avec Mandy.
J'ai refusé tout net, lui promettant une surprise

s'il restait dans la voiture.
– Bonne chance, ma chérie ! a dit maman.
Et elle a baissé le ton pour ajouter :
– Bonne chance aussi avec qui tu sais.
Jordan était derrière le comptoir quand je suis entrée dans le restaurant. Il a semblé surpris de me voir.
– Salut, Jordan.
Je n'avais jamais été aussi nerveuse de ma vie.
– Il n'est pas trop tard pour le concours ?
– Non, pas du tout.
Il était très tendu, lui aussi.
Il était six heures moins cinq. Les mains tremblantes, j'ai sorti mes dessins et les lui ai tendus. Il les a examinés, et son visage s'est éclairé. Il est resté muet pendant un instant qui m'a paru une éternité. Puis il a plongé ses yeux bleus dans les miens et a dit :
– C'est magnifique...
Angelo a rompu la magie en faisant irruption dans la salle.
– Alors, Amanda ? Juste à temps !
Il a affiché mes croquis à côté d'une douzaine d'autres, dont deux ou trois étaient vraiment réussis. Puis il m'a souhaité bonne chance : les résultats devaient être connus la semaine suivante.

– J'espère que tu vas gagner, M.A.L., a dit Jordan tout doucement.

J'ai pris mon courage à deux mains :

– Je me fiche du concours, J.M. Tout ce que je veux, c'est que tu me reviennes. Je me suis mal conduite, je suis désolée. Tu avais raison sur toute la ligne. C'est dangereux d'essayer de changer sa personnalité.

– Moi aussi, je suis désolé. Je ne voulais pas rompre avec toi. J'ai beaucoup pensé à nous deux, et aussi à ma bande. Désormais, je choisirai mieux mes amis.

– Je serai une vraie amie pour toi, si tu veux bien, ai-je murmuré en lui prenant la main.

– Certainement pas !

Mon cœur a fait un bond.

– Je veux beaucoup plus que ton amitié, M.A.L. Je veux ton amour.

Et là, en plein milieu du restaurant, il m'a attirée à lui et m'a donné un baiser, non pas sur la joue, mais sur les lèvres. Nous étions de nouveau ensemble, et l'avenir était rose.

Mais tous mes problèmes n'étaient pas résolus pour autant ! Il me restait à trouver la surprise promise à Brian…

FIN

EXTRAIT

Et pour rêver encore,
lis cet extrait
de

LE GARÇON DE MES RÊVES

de Sheri Cobb South

EXTRAIT

Chapitre 1

Tout commença par un pari. Un drôle de pari… C'était la fin de l'année scolaire, et ce mois de juin s'annonçait tranquille. Hormis le concert que je préparais avec la chorale, je n'avais aucun projet particulier. Aucun examen non plus, car je finissais ma seconde en étant assurée d'être admise en classe de première. Comme un beau soleil estival brillait sur San Francisco, j'avais donc l'intention de profiter de la plage…

Mais Emily, ma meilleure amie, en avait décidé autrement. Sans me demander mon avis, elle m'avait inscrite au concours de beauté du lycée ! Moi, Caitlin Harris, la fille la plus banale que vous puissiez rencontrer ! Je suis brune, j'ai des cheveux longs et bouclés, les yeux marron… Mais, d'après Emily, qui se voyait déjà championne de casting à Hollywood, je suis « d'une beauté discrète, mais réelle ». De plus, toujours d'après Emily, j'ai la « taille mannequin ». Avec mon mètre soixante-dix, j'ai plutôt l'impression d'avoir la taille autruche, mais bon… Toujours est-il que Emily avait déposé un dossier de candidature en mon nom, en joignant une photo de moi, en décrivant ma silhouette… Et voilà que j'avais été sélectionnée !

– C'est une blague ? avais-je protesté, furieuse, quand Emily m'avait annoncé la nouvelle.

– Pourquoi ? avait répliqué Emily, malicieuse. Je t'imagine bien couronnée « Reine du lycée Roosevelt » ! Et tu imagineras sûrement la

même chose quand tu sauras qui préside le jury du concours !
– Qui ?
– Michael Lewis.
– Mi… Michael ?
Grand, blond, musclé, toujours bronzé, Michael Lewis était le garçon que toutes les filles regardaient avec des yeux en forme de cœur. Michael Lewis, capitaine des Eagles, l'équipe de basket du lycée, était une idole pour tout le monde…
Y compris pour moi. Le basket, je n'y connaissais rien, mais j'étais désespérément amoureuse de Michael. Comme cent cinquante autres filles. Emily devait être l'exception… Elle sortait depuis près d'un an avec Mark, et ne jurait que par Mark.
– Imagine que tu gagnes, insista Emily. Michael te remarquera. Obligé ! Et je te signale qu'il est célibataire, en ce moment.
Et alors ?
D'abord, comment savait-elle que Michael était célibataire ?

EXTRAIT

Et, surtout, comment Emily réussit-elle à me persuader de me présenter au concours ? Je ne sais plus… Je sais seulement qu'on finit par parier : elle, que Michael découvrirait l'existence de la si belle, si merveilleuse et unique Caitlin Harris (dans ce cas, je devrais donner mon collier en perles turquoise à Emily) ; moi, que Michael ne verrait même pas l'ombre de mon ombre. Pour me consoler, Emily m'inviterait au ciné. Voir un film d'amour… Banco !

***

– Oh, j'en ai assez, de ces cheveux !

Impossible de discipliner mes boucles. On était samedi soir, et le concours de beauté avait lieu à 21 heures. Donc, dans moins de deux heures. Quel désastre ! Jamais je n'aurais dû me faire ce shampooing soi-disant embellissant, ni mettre des bigoudis ! Avec ma tignasse rebelle, je décrocherais le premier prix de laideur. Je soupirai. Depuis une semaine, je passais un temps fou à me préparer… Mme

Forster, l'organisatrice du concours, avait exigé que les concurrentes s'exercent sérieusement. « Être belle, c'est du travail ! » affirmait-elle. Et comment… En moins de huit jours, j'avais dû apprendre à marcher tête haute, ventre rentré, épaules droites, un sourire détendu aux lèvres. Comme je pensais de nouveau à Michael Lewis, les battements de mon cœur s'accélérèrent. Détendue ! Facile à dire… « Maintenant, il faut que j'aille jusqu'au bout, pensai-je, en aspergeant mes cheveux d'eau, puis de gel coiffant. Je suis sûre que Emily perdra son pari, c'est tout ! » Bon, déjà mes cheveux étaient plus lisses, plus naturels. Ouf !

Retournant dans ma chambre, j'enfilai un T-shirt et un short, et répétai une dernière fois la démarche que Mme Forster nous avait enseignée : devant le miroir, je redressai les épaules, et une-deux, une-deux, je m'avançai avec un léger déhanchement aussi élégant que possible, en imaginant que j'étais la plus belle… pour Michael… J'entamais mon cinquième aller-retour quand la sonnette de la porte d'entrée retentit.

– Je vais ouvrir ! criai-je à ma mère. C'est Tim !

Tim Garrison était mon ami d'enfance. J'étais âgée de trois mois, et lui de trois ans, lorsque nous nous étions rencontrés pour la première fois. Comme il habitait en face de chez moi, je le voyais tous les jours depuis toujours. Mais je ne l'avais encore jamais vu aussi beau ! Il portait une chemise blanche, un jean blanc, et sous ses épais cheveux noirs, ses yeux paraissaient plus bleus que jamais.

– Tim, tu es ma-gni-fique !

– Merci. J'ai eu envie de faire honneur à la future Miss Monde.

L'air rieur, il m'examina de la tête aux pieds :

– Mais tu seras Miss Rien-du-Tout si tu te présentes comme ça.

– Tu n'aimes pas ma tenue ? plaisantai-je. Et moi qui voulais faire preuve d'originalité !

– Oui, eh bien, dépêche-toi de te préparer. Ton truc commence dans moins d'une heure.

– Mon truc… Ce n'est pas un truc, mais un concours de beauté.
C'est-à-dire, pour Tim, quelque chose de parfaitement stupide. Lui qui connaissait et partageait ma passion pour les livres, le théâtre et la musique classique était tombé de haut quand il avait appris que je me présentais. Évidemment : il ignorait la véritable raison qui me motivait… Je lui avais juste confié que c'était Emily qui m'avait inscrite.
– Concours de beauté ou pas, c'est un machin débile, se moqua de nouveau Tim en me suivant dans ma chambre. Je ne félicite pas ta copine Emily. Au fait, on doit aller la chercher ?
Je secouai la tête :
– Elle travaille au ciné-club deux fois par semaine, tu sais ? Et, manque de chance, on lui a demandé de remplacer quelqu'un ce soir.
« Le comble ! pensai-je. C'est elle qui a tout manigancé, et elle ne sera même pas là ! »
– Mais elle sera un peu avec nous grâce à ses chaussures, ajoutai-je.
– Qu'est-ce que tu racontes ?

– Emily m'a prêté des chaussures… Des chaussures de poupée Barbie ! m'esclaffai-je, en brandissant une paire d'escarpins roses à talons hauts. Jolies, non ? Emily les a portées au mariage de son cousin. D'accord, elles sont un peu grandes pour moi, mais avec un morceau de coton, elles m'iront.

Je gagnai la salle de bains, enfilai rapidement un jean et un chemisier. Lorsque Tim me vit ainsi habillée, il écarquilla les yeux :

– Mais…

– Je me changerai là-bas, expliquai-je.

Soudain impatiente de partir, je glissai les escarpins dans la valise où était soigneusement pliée ma tenue : une longue robe en tissu stretch couleur fuschia que maman m'avait achetée spécialement pour l'occasion. J'avais hâte de la mettre… Peut-être serais-je la plus belle, après tout…

Quelques minutes plus tard, je m'installais dans la voiture de Tim, une vieille Coccinelle bleue qui pétaradait comme une moto. Mes parents et mon petit frère Jonathan nous

rejoindraient plus tard.
– J'ai quand même le trac, murmurai-je, une main crispée sur ma trousse de maquillage.
– Ne t'inquiète pas, fit Tim d'un ton rassurant. Tu réussis toujours ce que tu fais, Cait !
L'appréhension me noua l'estomac. Réussirais-je à attirer l'attention de Michael Lewis ? Rien n'était moins sûr. J'aurais bien aimé en parler à Tim. Lui et moi, on se disait toujours tout. Mais là, bizarrement, je me sentais bloquée… Sans doute parce que, cette fois, seule une fille pourrait me comprendre.

***

Ma robe était un peu serrée. Un peu… beaucoup. Pour l'enfiler, j'avais dû me tortiller comme une anguille. Incroyable ! Le jour où je l'avais essayée, je n'avais pas eu ce problème. « Bravo, j'ai dû grossir ! » me dis-je, énervée. Normal… Ces derniers temps, j'avais englouti des tonnes de chocolat. Pour oublier mon anxiété.

EXTRAIT

Je finissais de me maquiller quand Mme Foster fit irruption dans la pièce :

– Les concurrentes numéros 50 à 62, venez avec moi ! On annonce déjà le numéro 45.

Je portais le numéro 52. Zut ! Plus le temps de caler les escarpins d'Emily avec du coton ! Je mis les chaussures – vraiment trop grandes pour moi – puis suivis Mme Foster et les autres filles. On traversa les vestiaires, et on gagna le gymnase, où un podium avait été installé. Les lumières brillaient le long de l'avancée sur laquelle je défilerais bientôt... Assis tout au bout, à une grande table en compagnie des autres membres du jury. Michael Lewis présidait, le micro à la main. Paralysée de peur, j'attendis. Il ne tarda pas à m'annoncer...

– Voici maintenant la concurrente numéro 52, Caitlin Harris, en classe de seconde littéraire...

Prenant une profonde inspiration, je m'élançai comme si j'allais effectuer le plus haut plongeon de ma vie. « Tête haute, épaules redres-

sées, ventre rentré, pieds bien parallèles... »
J'étais presque sûre de moi. N'avais-je pas répété des dizaines et des dizaines de fois? Comme je m'approchais du jury, j'esquissai mon plus beau sourire, virevoltai... Parmi tous les yeux qui me scrutaient, il y avait ceux de Michael... Je ne le voyais pas à cause des lumières, mais rien que de penser à lui, je sentais mon cœur s'emballer comme un cheval fou. Toujours souriante, je m'apprêtais à faire demi-tour quand, ô horreur, mon pied droit sortit carrément de l'escarpin! Je trébuchai, me rattrapai de justesse tandis qu'un éclat de rire général retentissait dans le public. Rouge de confusion, je remis ma chaussure et quittai la scène presque en courant.
– Beau numéro d'équilibre! Passons à la concurrente numéro 53...
Les oreilles bourdonnantes, j'entendis Michael annoncer la suite du défilé. Michael qui, évidemment, ne m'adresserait jamais la parole. Il m'avait remarquée, d'accord, mais parce que je venais d'être la reine du ridicule!

EXTRAIT

Mortifiée, honteuse, je m'assis dans un coin et attendis la fin du concours sans parler à personne. À présent que j'étais hors jeu, la soirée me paraissait mortelle. Enfin, Michael proclama le nom de la gagnante : Sasha Philipps, une grande fille blonde aux cheveux de princesse. Une fille belle comme celles qui posent dans les magazines. Puis Mme Foster invita toutes les concurrentes à rejoindre l'heureuse élue sur la scène. J'applaudis comme tout le monde tandis que Michael déposait une couronne scintillante sur la chevelure dorée de la superbe Sasha. Lorsqu'il l'embrassa sur la joue, je baissai les yeux pour cacher ma déception… et ma jalousie. Après quoi, il y eut un discours de clôture que je n'écoutai pas, et le rideau tomba.

Ôtant les escarpins d'Emily, je me dirigeai vers les vestiaires. « Quelle idiote ! Je n'aurais jamais dû me présenter à ce stupide concours ! » me dis-je, furieuse contre moi-même. Jamais je ne m'étais sentie aussi stupide. Tim avait dû bien rire… Mes parents aussi ! Étouffant un soupir, je m'arrêtai devant le distributeur de boissons pour prendre un soda. Ensuite, mon verre à la main, je repartis lentement, les yeux dans le vague. Ce soir, j'avais l'impression de ne pas être moi-même. Quelle étrange sensation…

– Hé, Cendrillon !

Je reconnus la voix de Michael Lewis. Il ne manquait plus que ça !

– Tu as perdu tes deux chaussures, cette fois ?

Aucun doute, il s'adressait à moi. Le cœur battant, je me retournai. Michael me rattrapa en souriant :

– Caitlin, c'est ça ? Je me souviens de ton prénom, mais pas de ton nom.

– Harris…, balbutiai-je.

– Ah oui, Caitlin Harris, candidate numéro 52, énonça-t-il en regardant mes pieds nus d'un drôle d'air.

Puis il m'enveloppa d'un regard rapide :

– Jolie comme tu es, tu aurais pu gagner.

Je crus avoir mal entendu. Je soufflai :

– J'ai au moins réussi à faire rire tout le monde.

– Tu m'étonnes !

Il ébaucha ce sourire qui faisait craquer toutes les filles :

– Rien que pour ça, tu aurais dû gagner.

– Merci. J'ai beaucoup répété pour que mon numéro paraisse naturel.

Michael me contempla quelques instants, surpris, puis il éclata de rire. Moi, je dus rougir comme une tomate.

– Tu as remporté le premier prix de l'humour, en tout cas. Et ça me ferait plaisir de te revoir, Miss Cendrillon ! J'ai mon premier grand match vendredi prochain, après les cours. Viens, et après, on ira manger quelque chose.

Je devais rêver. Michael Lewis m'invitait à sortir avec lui ? Moi ?

Comme je restais silencieuse, il se crut obligé d'insister :

– Si tu en as envie, bien sûr.

– Oui… Oui, ça me fera plaisir, à moi aussi.

Alors là, c'était le sous-entendu du siècle !

– Super. On se retrouvera devant les vestiaires, à la fin du match.

EXTRAIT

– D'accord…

Michael me sourit de nouveau, et tourna les talons. Incrédule, le cœur gonflé de joie et de fierté, je le suivis du regard, admirant sa silhouette athlétique. « Je rêve, je rêve… », me répétais-je. C'était totalement fou ! J'avais la sensation de flotter sur un nuage… Finalement, les escarpins d'Emily m'avaient porté chance !

Et Emily avait gagné son pari…

Ce soir-là, ma famille et Tim furent très étonnés de me voir aussi rayonnante… Surtout Tim.

Chapitre 2

– Fabuleux ! Absolument fabuleux ! s'exclama Emily, quand je lui téléphonai le lendemain matin pour lui annoncer la nouvelle. Je le savais !

– Je te signale que ce n'est pas mon exceptionnelle beauté qui l'a séduit ! S'il m'a remarquée, c'est parce que j'ai perdu une de tes magnifiques chaussures !

– Mais il t'a remarquée, c'est ça qui compte ! Et il t'a invitée ! J'ai gagné mon pari !

– Tu auras mon collier turquoise, promis.
À l'autre bout du fil, Emily pouffa :
– Toutes les filles du lycée seront mortes de jalousie quand elles sauront que tu sors avec Michael. Donc, vendredi, tu vas le voir jouer, poursuivit-elle. Tu t'y connais en basket ?
– Pas du tout.
– Alors, renseigne-toi un minimum… Et fais-toi belle.
– Je vais essayer.
Mentalement, je passai ma garde-robe en revue.
– Je mettrai mon nouveau jean, et mon petit T-shirt à rayures bleues.
– Bof… Choisis plutôt une robe, suggéra Emily. Ta verte un peu décolletée, par exemple. Elle te va bien.
– Trop bien, même ! Il ne faut pas qu'il croie que je veux lui plaire !
– C'est vrai. Alors, va pour ton nouveau jean !
– Avec un T-shirt, ma veste en jean, des tennis… Au moins, je serai à l'aise ! De toute façon, je te répète que ce n'est pas pour mon charme physique que Michael a envie de sortir avec moi.

– Qu'est-ce que tu en sais ?
– Il me trouve drôle, c'est tout. Je l'ai fait rire, marmonnai-je.
– Et alors ? Mieux vaut ça que de le faire pleurer !
– Ah, ah...
Emily avait toujours réponse à tout !

***

Entre dimanche et vendredi, il n'y a que cinq jours. Cinq jours qui, cette semaine-là, s'écoulèrent avec une lenteur exaspérante. J'étais si impatiente... Et de plus en plus nerveuse. Je n'avais pas revu Michael depuis samedi soir. Et s'il avait oublié notre rendez-vous ?
Vendredi après-midi, je rongeais mon frein quand, enfin, la cloche retentit. Je me levai d'un bond et, en même temps qu'une foule d'autres élèves, me précipitai vers le terrain de basket. Suivant le conseil d'Emily, je m'étais renseignée (un peu) : l'équipe des Eagles jouait contre l'équipe du lycée Jefferson. Un

match hyper important, puisqu'il inaugurait les éliminatoires du championnat interrégional.

– Caitlin ? Qu'est-ce que tu fais ici ? s'exclama Cheryl Thomas, une de mes camarades de classe, alors que je m'installais au troisième rang des gradins.

– À ton avis ?

– Mais… depuis quand tu aimes le basket ?

– Oh… En fait, j'ai juste rendez-vous avec Michael.

Cheryl me dévisagea avec stupeur :

– Michael ? Michael Lewis ?

– Oui. Et alors ?

J'espérais lui donner l'impression que pour moi, ça n'avait rien d'exceptionnel… Comme Cheryl me lançait un regard envieux, je souris et, mine de rien, reportai mon attention sur le terrain. Emily se n'était pas trompée : toutes les filles seraient vertes de jalousie ! Et moi, qu'est-ce que j'étais fière…

Les deux équipes de basket avaient pris place, et le match commença. Michael courait, sau-

tait... Une véritable flèche ! Il était incontestablement le meilleur joueur, et le meneur. Il n'était pas capitaine pour rien ! Toute à mon admiration, je me moquais pas mal de ne rien comprendre aux habiles passes des Eagles... Et je ne vis pas le temps passer. À la fin du match, comme une vraie fan, je me levai en applaudissant frénétiquement : notre équipe l'emportait haut la main. Rien d'étonnant, avec un capitaine comme Michael Lewis...
Quelques instants plus tard, j'attendais nerveusement devant les vestiaires du stade. Au bout de cinq minutes à peine, un doute terrible m'assaillit : et s'il avait oublié ? « Mais non ! S'il tarde, c'est parce qu'il doit se doucher, s'habiller, saluer ses copains... », pensai-je pour me rassurer.
Puis je le vis, en jean et T-shirt jaune, ses cheveux blonds encore humides. Il me souriait. Mon cœur se mit à battre très vite. Pour lui, j'aurais pu attendre des heures et des heures...
– Quel match ! dis-je en esquissant le signe de la victoire. Tu as été super.

EXTRAIT

Une lueur de triomphe brilla dans les yeux bleus de Michael :

– Merci. J'ai tout fait pour qu'on gagne cette rencontre. Bon, je meurs de faim. On y va ?

– Oui… Où ?

– Chez Scoop's ? suggéra-t-il. Ils ont des Banana split d'enfer, et j'ai besoin de sucre.

Scoop's était un des glaciers très à la mode de San Francisco. Chic… On se dirigea vers le parking, et Michael me précéda jusqu'à sa voiture – une voiture de sport, et pas n'importe laquelle : une superbe MG blanche.

– Waouh ! C'est à toi ? demandai-je, incapable de dissimuler mon admiration.

Cœur Grenadine

301. MON DOUBLE ET MOI
302. LE SECRET DU ROCKER
303. UN GARÇON DANS LE DÉSERT
304. LA FILLE SUR LE PLONGEOIR
305. UN DUO D'ENFER
306. DESTINATION SYDNEY
307. ÉCHEC ET... MATHS
308. RÊVES D'HIVER
309. PETITE SŒUR
310. UN GOÛT D'ORAGE
311. UNE ANNÉE EN GRIS ET BLEU
312. EN ATTENDANT L'AUTOMNE
313. NE ME DITES JAMAIS « JE T'AIME »
314. MENTEUSE !
315. BLEU COMME LA NUIT
316. MUSIQUE À CŒUR
317. C'EST MOI QUI DÉCIDE
318. LE GARÇON QUE JE N'ATTENDAIS PAS
319. C'EST LE VENT, BETTY
320. NON, PAS LUI !
321. LE CAHIER D'AMOUR
322. MA VIE RÊVÉE
323. UN CARTON JAUNE POUR DEUX
324. LA JALOUSE
325. BONS BAISERS DE BRETAGNE
326. UN ÉTÉ ORAGEUX
327. AMOUR ET MENSONGES
328. SVEN ET MARIE
329. EMBRASSE-MOI !
330. COMME CHIEN ET CHAT
331. LA COURSE AU BONHEUR
332. LES AMOUREUX DU SQUARE
333. LE SECRET DE LÉA
334. LES FANTÔMES DU CŒUR
335. JE NE SUIS PAS EN SUCRE !
336. DERNIER ÉTÉ SUR L'ÎLE
337. CAP SUR L'AMOUR
338. PLONGEON EN SOL MAJEUR
339. DU CÔTÉ DES ÉTOILES
340. UN AMOUR D'ANGLAIS
341. DANSE AVEC MOI
342. DIS-MOI QUI TU AIMES
343. LA BALLADE DE SAMMY SONG
344. OBJECTIF AMOUR
345. ET SI C'ÉTAIT UN ANGE ?
346. LE SOUFFLE DE L'ANGE
347. LE SOUVENIR DE L'ANGE
348. UNE CHANCE POUR MOI
349. UN AMI D'AMOUR
350. LA COULEUR DU BONHEUR
351. TROP BEAU !
352. LE GARÇON DE MES RÊVES

Impression réalisée sur CAMERON par

BRODARD & TAUPIN
GROUPE CPI

La Flèche
en septembre 2002

Imprimé en France
N° d'impression : 14630